那描画的面纱，芸芸众生称之为　生活。

U0852518

〔英〕毛姆——著
于大卫——译

面纱

江西人民出版社
Jiangxi People's Publishing House

果麦文化 出品

William Somerset Maugham

(1874.1.25-1965.12.15)

前 言

本故事受到但丁如下诗句的启发：

Deb, quando tu sarai tornato al mondo,
E riposato della lunga via,
Seguito il terzo spirito al secondo,
Ricoiditi di me, che son la Pia:
Siena mi fè ; disfecemi Maremma:
Salsi colui, che, innanellata pria
Disposando m' avea con la sua gemma.

“啊，当你回返人间，于漫长的旅途后安歇；”第三个幽灵随在第二个之后说，“记住我吧，我就是比婀。锡耶纳造了我，马雷马毁了我，订婚后用他的戒指娶了我的人对此清清楚楚。”

前言

当年我在圣托马斯医院求学，复活节假期有六个礼拜的时间。我往格莱斯顿旅行袋里装了几件衣服，口袋里揣上二十英镑便出发了。当时我二十岁，去了热那亚和比萨，然后是佛罗伦萨，在那儿的维亚劳拉租了一个房间，临窗可以看见大教堂壮观的圆顶。一位寡妇跟她的女儿住在这幢公寓里，她们提供食宿，价格（经过好一番讨价还价后）定为每天四个里拉。我担心她从里面赚不到什么钱，因为我胃口大得惊人，能轻轻松松吞掉小山一样的通心粉。她在托斯卡纳山上有片葡萄园，还记得她从那里带来的基安蒂酒是我在意大利喝过最好的。她女儿每天给我上意大利语课，那时我觉得她相当成熟，但估计她不会超过二十六岁。她曾有过不幸，她那个当军官的未婚夫在阿比西尼亚被杀，此后便发誓终身不嫁。不难理解，在她母亲去世后（那位体态丰满、头发灰白、生性快活的老太太不到仁慈的上帝召唤的那一天是不会死的），厄西莉亚就要进入修道会，但她对此欣然以待。她很喜欢大声说笑，午饭和晚饭的时候我们快活极了。不过她上课很严肃，每当我犯傻或者用心不专，她就拿一把黑色的尺子敲我的指关节。要不是联想到在书里读过的那些旧式的教书先生，从而一笑了之的话，这样把我当孩子对待是会让我生气的。

我过着劳作不停的日子。每天先是翻译几页易卜生的某一出戏，以便掌握对话写作的娴熟技巧。随后，我捧着罗斯金的书，外出探寻佛罗伦萨的各处名胜。我按照指南欣赏乔托钟塔和吉柏提设计的铜门。在乌菲齐美术馆，我对波提切利的画作抱以理所当然的热情，带着年轻人的极端心态对大师反对的艺术家嗤之以鼻。午饭过后要上意大利语课，其后再度外出参观各处的教堂，沿着亚诺河信步游荡，想入非非。吃罢晚饭又去外面寻找奇遇，可我偏偏天真单纯，或者至少是胆怯害羞，反正每次回家都跟出去时一样贞洁无瑕。那位房东太太，虽说她给了把钥匙，但每次只有听见我回来、把门闩插好，她才算长舒一口气，因为总害怕我忘了闩门。接着，我又回到中世纪教皇派和对立的贵族党历史的故纸堆里，苦涩地意识到，浪漫时代的作家肯定不会是这等表现，不过我怀疑这些人里有谁能靠区区二十英镑在意大利过六个礼拜，而我却很喜欢这种稳重、勤勉的生活。

我已经读过《地狱》部分（有译本参考，但还是认真在词典上查阅了生词），开始跟厄西莉亚一道读《净界》。当我们读到上面引述的段落时，她告诉我比娴是锡耶纳的一位上流女性，她丈夫怀疑她与人私通，由于害怕她家人的报复而不敢直接杀死她，便将她带到他在马雷马的城堡，确信那儿的有害蒸汽会代为实施这一诡计；但她迟迟没能死去，他急不可耐，最后把她从窗户扔了出去。不知道厄西莉亚从哪儿得知的这些细节，我那本但丁里的注释就简略得多，但出于某种原因这个故事激发了我的想象，多年来一直在脑中翻来覆去，有时候接连两三天苦思冥想。我经常独自重复那句诗：Siena mi fè ; disfecemi Maremma.（锡耶纳造了我，马雷马毁了我。）不过，这只是我脑子里构思的众多题材之一，时间一长也就淡忘了。我自然把它看成是一个现代故事，可想不出当今世界哪里才是发生这种事情的合理背景，直到在中国完成了一次漫长的旅行，才找到故事的落脚点。

这是我唯一一部由一个故事而不是一个人物起笔的小说。很难解释人物与情节之间的关系，你无法凭空捏造出一个人物来。在你想象他的那一刻，你必须将他置于某种环境之中，做着某件事情。这样一来，人物以及至少他的基本行为似乎同时在想象中产生出来。但眼下的情况是要用一个个人物去适应我逐步推展出的故事框架，他们都取材于我在不同场合早已相熟的一些人。

写这本书时我也遇到一个作者通常会遇到的麻烦。一开始我让男女主人公姓雷恩，这是个很普通的姓氏，但没想到香港有姓这个的人。他们提出控告，连载我小说的那家杂志用两百五十英镑解决了纠纷，我也把姓氏改为费恩。接着，香港的助理辅政司觉得自己受了诽谤，威胁采取诉讼程序。我很惊讶，因为在英格兰，我们可以把首相搬上舞台，或者让他成为某部小说中的人物，坎特伯雷大主教或者大法官也一样，而这些高高在上的大人物连眉毛都不会动一下。让我奇怪的是，一个只是临时担任如此微不足道职位的人竟会以为自己受到影射。但为了省却麻烦，我把香港改成一个假想的殖民地“清延”[1]。这一意外发生时书已经出版，只得召回售出的部分。一些精明的书评人以种种借口拒不返还，目前这些书获得了书志学上的价值，我估计大约有六十本存世，成了收藏家们高价收购的藏品。

威廉·萨默塞特·毛姆

1 在后续所有版本中又改回了“香港”。

The Painted Veil | 面纱

1

她惊叫了一声。

“怎么回事？”他问道。

尽管关着百叶窗的房间很暗，他仍看清她脸上突然出现一种惊恐狂乱的表情。

“刚才有人动了动门。”

“噢，也许是阿妈吧，或者是哪个男仆。”

“他们不会在这个时候来。他们知道午餐后我总要睡上一会儿。”

“还能有谁呢？”

“沃尔特。”她压低声音，嘴唇颤抖着。

她指了指他的鞋，他连忙去穿。受了她的影响，他也紧张起来，显得笨手笨脚，偏偏鞋带又系得很紧。她不耐烦地叹了口气，递给他一只鞋拔子，又迅速披上一件宽大的晨衣，光脚走到梳妆台前。她留着一头短发，用梳子梳理一下蓬乱的地方，他随后也系好第二只鞋。她把外套递给他。

“我怎么出去呢？”

“你最好等一等，我先瞧瞧外面，看看有事儿没有。”

“不可能是沃尔特，他五点以前不会离开实验室的。”

“那会是谁呢？”

他们这会儿压低声音说话。她浑身哆嗦着，令他意识到她一遇紧急情况就会晕头转向，不由得怪罪起她来。照现在看来，哪儿像她说得那么保险？她屏住呼吸，一只手抓住他的胳膊。他顺着她的目光看去，对面是朝向走廊的几扇窗户，上面都有百叶窗，且一律上了插闩。他们看见白瓷球状把手在慢慢转动，走廊里没有脚步的声音。这种静静的转动看上去实在吓人。过了一分钟，什么声音也没有。接着，他们看见另一扇窗子的白瓷把手也鬼使神差地转动起来，同样悄然无声，让人毛骨悚然。凯蒂吓得丢了魂儿，张开嘴巴想要叫喊。他见势不妙，马上伸手捂住，把叫声闷在他的手指下面。

一片沉寂。她倚靠在他身上，膝盖颤抖着，他真害怕她会昏死过去。他紧皱眉头，咬着牙把她抱上床躺好。她面色苍白如纸。虽说他晒得黝黑，但两颊也是毫无血色。他站在她旁边，着了魔似的盯着那个瓷把手，谁都没有说话。随后他看见她哭了起来。

“看在上帝的分上，别这样。”他不耐烦地低声说，“既然该着倒霉就认倒霉好了。咱们就厚着脸皮硬撑吧。”

她找手帕，他明白她要什么，便把她的手包递了过去。

“你的遮阳帽呢？”

“我放在楼下了。”

“唉，我的上帝！”

“我说，你得打起点儿精神。这人很可能不是沃尔特。他干吗偏偏在这个时候回来呢？中午他从来不回家，对吧？”

“从来没有。”

“我敢拿随便什么打赌，刚才那个是阿妈。”

她朝他微微笑了笑。他那浑厚、亲切的声音让她定下心来，她拉过他的手，爱抚般地捏着。他耐心等她恢复镇静。

“听我说，我们不能一直待在这儿。”过了一会儿，他说，“你现在能起来到走廊看看情况吗？”

“我恐怕还站不住。”

“你这儿有白兰地吗？”

她摇摇头。他眉毛一皱，脸色立刻阴沉下来，愈发感到急躁不安，不知道该做些什么。突然间她把他的手抓得更紧了。

“要是他一直站在外面呢？”

他勉强笑了笑，说话时仍保持着那种柔和、令人信服的语调，并对其效果深信不疑。

“不会的。拿出点儿勇气来，凯蒂。怎么可能是你丈夫呢？如果他进了屋，看见一顶没见过的遮阳帽放在厅里，上楼又发现你的房门紧锁，他一定会吵吵嚷嚷的。刚才肯定是哪个仆人，只有中国人才那样拧把手。”

她渐渐恢复了常态。

“就算是阿妈也够让人不舒服的了。”

“给点儿钱她就闭嘴了，必要的话我再拿上帝的那一套吓唬她。政府职员没有多大优势，但你想办什么事情的话还是能办到的。”

他说得肯定在理。她站起来，转身向他伸出手臂；他把她抱在怀里，亲吻她的嘴唇，那如醉如痴的感觉近乎痛苦。她太爱他了。他放开她，她随即走到窗边，拉开插闩，稍稍打开百叶窗往外看，外面一个人影也没有。她溜进走廊，往她丈夫的更衣室里瞧了一眼，又看了看自己的起居室，两间屋子都空空如也。她返回卧室，朝他招了招手。

“没人。”

“我觉得整个就是一场错觉。”

“别笑，我可吓得要死。去我的起居室坐一会儿，我去穿上长袜和鞋子。”

2

他按她吩咐的做了，五分钟后她又回到他这儿。他正抽着一根烟。

“我说，能给我来点儿白兰地加苏打水吗？”

“好的，我这就按铃。”

“看样子，这件事不会对你有什么损害。”

他们默默等着男仆应答。她随后做了吩咐。

“给实验室打个电话，问沃尔特在不在。”过了一会儿她说，“他们听不出你是谁。”

他拿起听筒，要了一个号码。随后他询问费恩医生在不在。他又把听筒放下。

“他午饭后就不在了，”他告诉她，“问问仆人他回来过没有。”

“我可不敢。他要是回来过我却没有看见，这也太可笑了。”

男仆送来饮料，汤森喝了起来。他问她是否也喝一点儿，她摇了摇头。

“如果刚才是沃尔特的话，那该怎么办？”她问。

“或许他并不在乎。”

“你说沃尔特？”她的声调充满怀疑。

“我一向觉得他非常腼腆。你知道，有些男人经受不起大吵大闹，他很清楚闹一场丑闻不会有任何好处。我丝毫不认为刚才是沃尔特，但就算是他，我也觉得他不会怎么样的，我认为他会装作没这回事。”

她仔细想了一会儿。

“他非常爱我。”

“哦，那就更有好处了，你可以说服他嘛。”

他向她投去迷人的微笑，那正是她无法抗拒的。笑容发自他那双清澈的蓝眼睛，慢慢扩展到他那轮廓匀称的嘴巴上。他有一口小巧、洁白而整齐的牙齿。这一抹微笑极其感性，足以让她的心在身体里融化。

“我倒不怎么在乎，”她说，一下子欢喜起来，“因为这很值得。”

“都是我的错。”

“那你为什么来呢？看见你的时候我很吃惊。”

“我实在忍不住。”

“哦，亲爱的。”

她稍稍靠近他，亮闪闪的黑眼睛热情地凝视着他，双唇渴望地微微张开，他随即伸出胳膊搂住她。她迷醉一般地叹出口气，投入他怀抱的庇护之中。

“有我在，你就尽管放心好了。”他说。

“跟你在一起我很快乐，真希望我能像你让我快乐那样，也让你快乐。”

“现在你不害怕了？”

“我讨厌沃尔特。”她回答说。

他不知该怎么回应这句话，便吻了吻她。她的脸十分柔嫩，紧贴着他的脸。

这时他抓起她的手腕。她戴着一块小巧的金表，他看了一下时间。

“你知道现在我该做什么吗？”

“开溜？”她笑着说。

他点点头。她一下子跟他贴得更近了，但察觉他去意已定，便放开了他。

“你如此怠慢你的工作，真丢人。快点儿走吧。”

他从来抵不住调情的诱惑。

“看来你恨不得赶紧把我打发了。”他轻描淡写地说。

“你知道我不想让你走。”

她的回答微弱、低沉，很是认真。他附和着笑了几声。

“你那漂亮的小脑瓜别再为我们这位神秘访客烦恼了，我敢肯定是阿妈，就算有什么麻烦我也保证帮你摆脱掉。”

“你是不是很有经验？”

他露出愉快自得的笑容。

“那倒不是，但说句自我恭维的话——我肩膀上这颗脑袋还算好使。”

3

她来到走廊，目送他离开房子。他朝她挥挥手。这样望着他，令她的心怦怦直跳。他四十一了，但身材柔韧，走起路来如少年一般轻盈。

走廊遮在阴影里，她心境闲适，慵懒地闲逛着，胸中充溢爱的满足。他们的房子位于欢乐谷，坐落在山的一侧，因为负担不起条件更好、也更昂贵的山顶住宅。不过她很少留意那蓝色的海和港口拥塞的船只，一门心思想她的情人。

当然，他们下午做的那种事十分愚蠢，但如果他想要她，她哪还顾得上慎重小心？他在午饭后来她这儿已有两三次了，都是赶着天气正热、没人愿意外出的时候，就连男仆也没见过他来来去去。在香港什么都难，她讨厌这座中国城市，一走入域多利道，看到他们惯常见面的那栋脏兮兮的小房子就令她紧张。那是一家卖古董的店铺，四下坐着的中国人盯着她看，让人很不舒服；她讨厌那个老头子的媚笑，他带她到店铺后面，摸黑走上一截楼梯。他把她引进一个霉臭发闷的房间，墙边那张大大的木头床让她不寒而栗。

“这简直太恶心了，你不觉得吗？”她第一次在那儿跟查理[1]见面时对他说。

“你进来以后就不同了。”他回答。

不错，等他把她揽在怀里的那一刻，她就什么都忘掉了。

唉，只可恨她不自由，他们两个都不自由！她不喜欢他的妻子。凯蒂游移不定的思绪这会儿落到了多萝西·汤森身上。真是不幸，竟然叫多萝西这么个名字！一下子就透露了年龄。她少说也有三十八岁，但查理从来没有提起过她。他当然没把她放在心上，他

1 查理：查尔斯的昵称。

烦她烦得要死，但他是位绅士。凯蒂带着爱意的讽刺笑了笑：他就是这样，又傻又老派；他可能对她不忠，但决不容许自己嘴里说出任何蔑视她的话。她是个高个头的女人，比凯蒂要高，不胖不瘦，长了一头浓密的浅棕色头发；她怎么看都算不上漂亮，只是因为年轻才显得有那么点儿可爱；她容貌姣好但并不出色，一对蓝眼睛也十分冷淡。她的皮肤让你不想再看第二眼，脸颊也黯淡无光。她穿得就像——嗯，倒也合乎她的身份——一个香港助理辅政司的太太。凯蒂笑了，轻轻耸了耸肩膀。

当然没人否认多萝西·汤森的嗓音听上去令人愉快，她是位出色的母亲，查理总是说起她这一点，她就是凯蒂母亲所说的那种娴淑女性。但凯蒂不喜欢她，不喜欢她那种漫不经心的态度。去她那儿喝茶吃饭时她待你的那种礼貌劲儿实在让人恼火，因为你能明显感觉到她是多么不把你放在眼里。事实是，凯蒂觉得，除了她的孩子她什么都不关心：两个男孩在英格兰上学，另外还有一个六岁的男孩，她准备明年把他带回英国去。她的脸就是一张面具，笑脸迎人，彬彬有礼，说起话来合乎身份，但她的一番热忱却让你深感疏远。她在殖民地有几位密友，一个个都非常仰慕她。凯蒂纳闷汤森太太是不是认为她的出身太普通了，不禁脸红起来，但说到底多萝西也没什么理由盛气凌人。她的父亲的确当过殖民地总督，在任时自然尊贵体面——你一走进某个房间，所有人便起身致意；你乘车经过时，男人们也一个个为你摘下帽子——但还有什么比一个退了休的殖民地总督更微不足道的呢？多萝西·汤森的父亲住在伯爵府区的一个小房子里，靠养老金度日。受邀去这种地方做客，定会令凯蒂的母亲觉得无聊至极。凯蒂的父亲伯纳德·贾斯汀是个皇家法律顾问，毫无疑问，说不定哪天他就会当上法官。反正他们是住在南肯辛顿。

4

凯蒂随自己的丈夫来到香港后，发现自己很难接受眼前的现实——她的社会地位由她丈夫的职业所决定。当然大家对他们都很友善，两三个月内他们几乎每天晚上都外出参加聚会。他们去总督府吃饭时，总督还把她当成新婚的妻子对待。但她很快就明白作为政府聘请的细菌学家的妻子，她几乎没什么地位，这让她很气愤。

“简直太荒谬了。”她跟她的丈夫说，“唉，这儿简直找不出一个值得让人请到家里待上五分钟的人。母亲做梦也不会想到请他们任何人来我们家吃饭的。”

“你不该为这事儿心烦。”他回答，“你知道，这其实并不重要。”

“当然不重要了，只能说明他们多么愚蠢，但说来也挺滑稽，想一想在伦敦我们家里常来的那些人，可我们在这儿却被人视如粪土。”

“从社会的角度看，研究科学的人跟不存在似的。”他笑了笑。

她现在知道了，但她嫁给他的时候并不知道这一点。

“我还不知道被半岛东方轮船公司代理邀请吃午饭会让我这么开心。”她说，干笑了几声，省得让自己的话显得过于势利。

也许他看出她故作轻松的后面暗藏责备，他拉起她的手，小心地握住。

“我非常抱歉，凯蒂宝贝，但别让这事儿再折磨你了。”

“哦，我不会让它把我怎么样的。”

5

下午的那人不可能是沃尔特，一定是哪个仆人，反正没什么要紧的。中国仆人什么事情都知道，但他们管得住自己的舌头。

一想起当时那白色的陶瓷把手慢慢转动，她的心跳就会加快，他们不能再那样冒险了。最好还是去古董店，就算有人看见她进门也不会怀疑什么，他们在那儿绝对安全。店铺主人知道查理是谁，他不会傻到去招惹一个助理辅政司。只要查理爱她，其他还要在乎什么呢？

她转身离开走廊，又回到了她的起居室，往沙发上一躺，伸手去取香烟。她的眼睛瞥见一本书上放着一张字条，她打开，字是用铅笔写的。

亲爱的凯蒂：

这是你想要的书，我正打算把它送来的时候遇到了费恩医生，他说他经过家门，可以顺便捎过去。

V.H.

她按了按铃，男仆进来后她问是谁、什么时候把书送来的。

“是老爷带回来的，太太，在午饭后。”他回答说。

这么说是沃尔特了。她立刻往辅政司办公室打了通电话找查理，把刚刚弄清的情况告诉他。他停顿了一会儿，没有回答。

“我该怎么办？”她问。

“我正在开一个重要的咨询会，恐怕现在没空跟你说话。我的建议是稳坐不动。”

她放下听筒，明白他那儿不只他一个人，一时觉得实在无法忍受他那些公务。

她又坐下来，靠在一张桌子旁，两手托着脸，苦苦思索着眼下的形势。当然，沃尔特可能只是认为她正在睡觉，她完全有理由锁上自己的房门。她使劲儿回想当时他们是不是在说话，他们当然不会大声说话。还有那顶帽子，查理简直是疯了才把它忘在楼下。但为这个怪罪他也没有用，这么做很自然，而且也说不上沃尔特注意到了没有。他可能来去匆匆，把书和字条放下就赶赴某个跟工作有关的约会了。但奇怪的是他竟会试着开门，然后又去动那两扇窗户。

如果他以为她睡着了,就不太可能再去打扰她。她简直愚蠢透顶!

她抖了抖身子，心里又感到每当想起查理时都有的那种甜蜜的痛苦。这一切是值得的，他说过会跟她守在一起，如果出现最坏的情况，也好……沃尔特要是想大吵大闹，那就随他便吧。她有查理呢，她有什么可在乎的呢？也许最好就是让他知道。她从来都没把沃尔特放在心上，自从她爱上查理·汤森，顺从她丈夫的爱抚只让她感到厌烦无聊。她不想跟他有任何瓜葛，反正他拿不出什么证据来。如果他指责她，她就否认。如果到了否认不了的地步，她就索性把真相甩给他，他愿意怎么办就怎么办吧。

6

结婚还不到三个月，她就意识到自己犯了一个错误。但这错不全在她，更多要怪她的母亲。

屋子里摆着一张她母亲的照片，凯蒂烦忧的目光落在照片上。她不知道为什么要把它摆在这儿，因为她不那么喜欢母亲。家里还有一张她父亲的照片，摆在楼下的大钢琴上。那是他当上皇家法律顾问时拍的，戴着假发，身穿长袍。就算这样他也没显得威风堂堂。他是个矮小、枯瘦的人，双眼疲惫，上唇过长，嘴唇又很薄。那个爱说笑的摄影师让他显得愉快些，但他只摆出一脸的严肃相。通常他下垂的嘴角和沮丧的眼神让他有一种忧郁气质，贾斯汀太太便觉得这让他显得公正威严，所以才从众多洗印小样中挑了这一张。但自己的那张照片中，她身上的衣服还是在丈夫被任命为皇家法律顾问、受邀进皇宫时穿的。一身丝绒礼服尊贵华美，长裙拖曳更显得仪态万方，头上插着翎羽，手捧鲜花，身子挺得笔直。她年届五十，身体纤细，胸部扁平，长着凸出的颧骨和一只外形姣好的大鼻子。一头浓密的黑发十分光滑，凯蒂一直怀疑就算她没染过，至少也做了精心修饰。她那对漂亮的黑眼睛十分灵动，是她最惹人注目的特征：当她跟你说话时，冷漠、毫无皱纹的黄脸上不安分的眼睛实在让人心烦意乱——先在你身上各部位间移来移去，再落到房间里的其他人身上，然后回到你这儿，让你觉得她在品评你，给你下结论，同时又留意着她周围发生的一切，而她说出的话跟她的所思所想毫无联系。

7

贾斯汀太太是个冷酷无情、善于操持、雄心勃勃、吝啬而愚蠢的女人，是利物浦一位律师的五个女儿之一。伯纳德·贾斯汀在北部巡回法庭工作时遇到了她。他年纪轻轻，前程光明，她的父亲说他大有作为，但他没有。他呕心沥血，勤奋肯干，但他刚愎自用。

贾斯汀太太很是看不起他，尽管心里有苦，但她承认自己只能通过他才能出人头地，所以想方设法驾驭他按她的喜好行事。她苛责起来毫无怜悯之心，因为她发现当她想要他做什么却引得他反感，只要一直让他不得安生，弄得他筋疲力尽，他自然就会屈服。在她那边，她苦心培养可能用得上的人，巴结那些能给他丈夫提供讼案的律师，跟他们的妻子混得熟稔。她对大小法官及其夫人低三下四，又极尽奉承那些前途看好的政客。

二十五年来，贾斯汀太太从没有因为喜欢某人就邀请他到她家吃饭。她定期举办大型晚宴，但节俭吝啬跟她的野心一样顽强。她讨厌花钱，对此洋洋得意，觉得自己能像别人一样大肆排场，却只花上一半的钱。她的晚餐时间长，周到细致，且很节约，而她也从来都认为人们在吃饭聊天时并不知道喝的是什么。她把摩泽尔发泡白葡萄酒用餐巾裹起来，自以为客人们会当成香槟喝下去。

伯纳德·贾斯汀有家体面的事务所，虽说并不太大，而且很多开业比他晚的人，生意都远远超过了他。贾斯汀太太让他参选进入议会，选举开支由政党方面承担，但她的吝啬又出来阻挠她的野心了，她实在不舍得花钱讨好选民。由参选人出资组成的难以计数的竞选基金里头，伯纳德·贾斯汀的捐助总是差那么一点点，他被击败了。若能成为议员的妻子，贾斯汀太太自然高兴，但现在落了空，她也能咬牙承受失望的结局。事实上，在丈夫参选后她接触了一些著名人物，这提升了她的身份，让她很是欣喜。她知道伯纳德永远进不了议会，但仍然要求他去拼争两三个遥不可及的席位。这样至少能赢得党内对他的感激之心。

但他仍是个低级律师，不少比他年轻的人都已经当上了皇室法律顾问。她觉得他也应该朝这个目标努力，否则就无望当上法官，在她这方面也说不过去，跟比自己小十岁的女人一道赴宴使她痛苦不堪。但在这件事上她碰上了丈夫的倔强脾气，这是她多年来一直无法习惯的。他担心当上皇家顾问律师之后就没有事情做了。他跟她说，一鸟在手胜过二鸟在林，但她反驳说只有头脑贫乏的人才拿谚语当挡箭牌。他提醒她，他的收入有可能减半——除此之外他已拿不出更能压倒她的论据了。但她就是不听，说他胆怯懦弱。她吵得他不得安宁，最后，他跟往常一样做出了让步。他申请担任皇家律师，很快就获准了。

他的担忧是有道理的。他担任首席律师后没有取得任何进展，接的案子也少。但他把自己的失望隐瞒下来，如果说怪罪妻子，那也是藏在心里的。他变得更沉默了，不过他在家里一向少言寡语，他的家人谁也没发现他身上的变化。他的几个女儿只把他当做收入的来源：为了给她们提供食宿、衣物、度假和买这买那的钱，他就该做牛做马，一切再自然不过。现在，她们觉得是因为他的过错使进项大为缩减，对他一贯的冷漠之上又多了一层愤然的蔑视。她们从来没去扪心自问这个顺服的小男人有什么感受，他早早出门，晚上回家时换了衣服就该吃晚饭了。他对她们来说是个陌生人，但因为他是她们的父亲，她们理所当然认为他就该爱她们疼她们。

8

贾斯汀太太有一种令人钦佩的勇气。她不让自己的社交圈子——那是她的整个世界——里面的任何人看出她因愿望受挫而苦恼无奈。她丝毫不改自己的一贯风格，通过精心筹划，她能弄出一桌与以前一样华丽的晚餐，并且带着久已养成的快活劲头会见朋友。她知道各种流言八卦，她所置身的社交场以此作为谈资。在很难闲聊起来的那些人中，她的作用格外重要。因为她从不会被时新的话题难住，能用合适的见解立刻打破尴尬的沉默。

现在看来，伯纳德·贾斯汀永远也当不上高等法院的法官，但他大概仍有希望谋得地方法院法官之职，最差也能弄到个殖民地的任命。这时她颇为满意地看到他当上了一个威尔士镇上的刑事法院法官。不过她已把希望寄托在她的女儿们身上了，只要她们的婚姻安排得好，也算弥补了她以前的种种不如意。女儿有两个，凯蒂和多丽丝。多丽丝相貌平平，身材粗笨，鼻子又长，贾斯汀太太觉着她能嫁给一个家境殷实、有正当职业的年轻人就不错了。

但凯蒂算是个美女，这一点在她小的时候就能看出来。她长着一双深色的大眼睛，水一般清澈活泼，一头棕色的鬈发微微泛着红光，牙齿整齐，皮肤细腻。她的五官并不特别漂亮，下巴太方，鼻子很大，好在不像多丽丝的那么长。她的美丽很大程度源自青春年少，贾斯汀太太认为她要在春情萌动之初嫁人成婚。进入社交界，她的确艳惊四座：她的皮肤依然是她的至美之处，而她那长长睫毛下的眼睛灿若星辰，那样动人，让你心中一惊，禁不住回视一眼。她天性快活可爱，乐于取悦他人。贾斯汀太太为此倾注了她的所有感情，那种严厉、称职而精打细算的亲情正是她擅长的。她抱着雄心勃勃的梦想：单是门当户对不是她的目的，她要让女儿的婚姻辉煌无比。

凯蒂从小受此熏陶，知道自己要出脱成一个美女，早就猜出她母亲的野心，这也符合她本人的欲望。自她横空出世，贾斯汀太太便点化神奇，让自己频频受邀参加舞会，使得女儿有机会遇到合适的人选。凯蒂很是成功，她既有趣又漂亮，很快就有十几个男人爱上了她，只是没有一个合适的，而凯蒂对所有人都友好相待，小心翼翼不委身于任何一个。每个星期日午后，南肯辛顿的那间客厅就聚满了前来示爱的年轻人。但贾斯汀太太脸上带着那种赞许的冷峻笑容，注意到自己不费什么事就能让他们跟凯蒂保持距离。凯蒂跟他们卖弄风情，乐得从中挑拨离间，可一旦他们向她求婚——他们没一个不这样的——她便机智而又果断地回绝他们。

她的第一个社交季过去了，没有遇到完美的求婚者。第二年也是如此，但她还很年轻，还可以再等。贾斯汀太太跟她的朋友们说，女孩子不到二十一岁就结婚实在可惜。但第三年过去后，接着又是第四年。两三个从前的仰慕者再次求婚，但他们仍然一贫如洗。有一两个比她还小的男孩子来求爱，还有个退了休的印度文官，一位印度帝国二级爵士——可他都五十有三了。凯蒂继续参加各种舞会，她去温布尔登和洛兹贵族板球场，去爱斯科特赛马场和亨利市的赛船大会，她全然沉浸在享乐之中，但还是没有一个地位、收入都令人满意的人来求婚。贾斯汀太太愈发不安，因为注意到对凯蒂感兴趣的只有四十岁以上的男人了。她提醒女儿，再过一两年她就不会那么漂亮了，年轻姑娘可是时时都有。贾斯汀太太在家人的小圈子里说话直来直去，她刻薄地警告女儿，说她就要错过行情了。

凯蒂只是耸耸肩膀，觉得自己一直都这么漂亮，甚至更漂亮了，因为她四年来学会了如何穿着打扮，反正她有得是时间。如果她只为了结婚而结婚，那会有一打男孩子跳出来碰运气。合适的男人早晚会出现的。不过，贾斯汀太太更善于审时度势：漂亮女儿频频错过机会让她心里憋着一股火，她只得稍稍降低标准，又掉头回到曾出于高傲而鄙视过的职业阶层，四处寻找年轻的律师或实业家，那种前途上让她感到放心的人。

凯蒂到了二十五岁仍然没有结婚，贾斯汀太太恼怒不已，时常对凯蒂甩上几句难听的话，问她还打算让她父亲养活多久。他付出了几乎难以负担的花费，就为了给她提供机会，可她还是抓不住。

贾斯汀太太从来没想过，或许是她那让人难以接受的殷勤劲儿吓跑了那些人，她总是过于热情地怂恿有钱人家的儿子或爵位的继承人来家里做客。她把凯蒂的失败归结为愚蠢。随后多丽丝亮相了，她的鼻子还是那么长，身材糟糕，舞跳得也不好。在她第一个社交季她就跟杰弗里·丹尼森订了婚，他是一位富有的外科医生的独子，战争期间获封为准男爵。杰弗里将要继承这一爵位——从医获得的准男爵没什么了不起，但是，感谢上帝，爵位终究还是爵位——总算是一笔不错的财富。

惊慌之中，凯蒂匆匆嫁给了沃尔特·费恩。

9

她认识他的时间不长，也从未真正在意过他。她记不得他们第一次见面是在何时何地，直到他们订婚后他告诉她那是在一次舞会上，是他的几个朋友带他去的。那时她当然没有注意到他，如果她跟他跳过舞，也是因为她脾气好，有谁邀请都会欣然应允。一两天后在另一次舞会上他来跟她搭话，她根本不记得他姓甚名谁。随后她察觉到每次她参加的舞会都有他在，“你知道，我已经至少跟你跳了十次了，你总得告诉我你的名字吧。”她用一贯的说笑口气对他说。

他明显感到吃惊。

“你是说你不知道我的名字？已经有人给你介绍了啊。”

“哦，可他们总是低声嘟囔着说。如果你压根不知道我的名字，我也丝毫不觉得吃惊。”

他微笑地看着她。他的脸很严肃，还带一点执拗，但他笑得很甜。

“我当然知道了。”他沉默了一会儿，然后问道，“你没有好奇心吗？”

“跟大多数女人没什么两样。”

“那你没想过去问问别人我叫什么名字？”

她隐隐觉得好笑，纳闷为什么他认为她会有这种兴趣。不过她喜欢让别人高高兴兴，便带着灿烂的微笑看着他，眨一眨她那双漂亮的眼睛，如同树林下的一池露水，饱含迷人的友善之情。

“好吧，那你叫什么？”

“沃尔特·费恩。”

她不知道他为什么来跳舞，他的舞跳得并不好，而且他好像也不认识几个人。她忽然觉得他可能爱上了她，但随即耸了耸肩打消了这个念头。她知道有些女孩子遇到每个男人都觉得人家爱上了自己，一直觉得她们可笑至极。但她还是稍稍留意起沃尔特·费恩，他的表现显然跟那些爱上她的年轻人不同。那些人大都向她坦陈爱意，都想吻她——很多人的确也这么做了。但沃尔特·费恩从不说她如何，也很少谈论自己。他相当沉默，这点她并不介意，因为她有很多话要说，看到自己说了什么幽默的话逗得他哈哈大笑也很开心。但他说起话来决不愚蠢，显然是生性害羞。大概他住在东方，现在是回来度假。

一个星期天的下午，他出现在凯蒂家在南肯辛顿的房子里。当时有十几个人，他坐了一会儿，不知何故有些不自在，不久就走了。她母亲过后问她那个人是谁。

“我也弄不清，是你请他到这儿来的？”

“是啊，我是在巴德利家遇到他的。他说在好多次舞会上都见过你，我说我每个星期天都在家里办招待会。”

“他叫费恩，在东方谋了个什么差事。”

“是的，他是个医生。他是不是爱上你了？”

“实话说，我不知道！”

“我觉得现在你总该看得出哪个年轻人是爱上你了。”

“就算他爱上我，我也不会嫁给他。”凯蒂轻蔑地说。

贾斯汀太太没有回答，她的沉默里带着深深的不悦。凯蒂脸红了，她知道母亲现在已经不在乎她到底嫁给谁了，只要能将她脱手就行。

10

随后的一个礼拜，她又在三场舞会上遇见他。他似乎少了一点儿羞怯，变得爱说话了。不错，他是个医生，但没有开业诊疗。他是位细菌学家（凯蒂对此只有十分模糊的概念），在香港有份工作，秋天就要回去。他说到不少有关中国的事情，她已习惯在别人跟她说话时做出一副感兴趣的样子。但在香港生活听上去很有意思，那里有俱乐部、网球、赛车、马球和高尔夫。

“那儿的人经常跳舞吗？”

“哦，是的，我想是这样。”

她想知道他跟她说这些到底出于什么动机。他好像很喜欢她的社交圈子，但他从未用某个动作、某种眼神或某句话来暗示，他不单把她看作那种只是见见面、跳跳舞的女孩子。下一个礼拜天他又登门造访。她的父亲恰巧进门，由于下雨他没能去打高尔夫，便跟沃尔特·费恩聊了半晌。后来她问父亲他们都谈了些什么。

“好像他常驻香港，首席法官是我在律师界的老朋友，说他是个非常聪明的年轻人。”

她知道父亲很厌烦多年来为了她、随后又是她妹妹而被迫去招待那些年轻人。

“你很少喜欢那些追我的年轻人，父亲。”她说。

他用那双仁爱、疲倦的眼睛看着她。

“你有可能嫁给他吗？”

“当然没有。”

“他是不是爱上你了？”

“他没做过任何表示。”

“那你喜欢他吗？”

“我不怎么喜欢他，他让我有点儿不舒服。”

他完全不是她喜欢的类型。他个子矮小，也不健壮，身板有点儿单薄，皮肤发黑，脸刮得精光，长着非常普通、棱角分明的五官。他的眼睛近乎黑色，但不大，目光有些呆滞，落在什么上面就死死盯住，这是一双充满好奇、不太讨人喜欢的眼睛。他的鼻子挺直而小巧，加上细细的眉毛和轮廓鲜明的嘴巴，这些本来应该很好看，但令人惊讶的是他偏偏算不得好看。等凯蒂终于开始细细琢磨他时，才发现他的五官单个看上去那么漂亮。他的表情略显讥讽，当凯蒂对他稍有了解，便发觉跟他相处不太自在，他不具备快乐的品性。

社交季快要结束时他们已经见了不少次面，但他还像先前那样冷淡，让人琢磨不透。他跟她在一起时并不害羞，只是局促不安，他说起话来依然奇怪地缺乏人情味。凯蒂得出结论：他一点儿也没有爱上她的意思。他不过是喜欢她，发现跟她说话很随意，但等他十一月回到中国，也就把她抛在脑后了。她认为完全有可能他早就跟某个香港医院的护士订了婚，也许是一位牧师的女儿，迟钝、普通、笨手笨脚又精力十足，这种人最适合做他的妻子。

接着，多丽丝与杰弗里·丹尼森宣布订婚。多丽丝刚满十八岁就许配给了如意郎君，而她都二十五岁了，却还形单影只。万一她这辈子嫁不出去该怎么办？这个社交季唯一求婚的人是个二十岁的小伙子，还在牛津上学，可她不能嫁给一个比她小五岁的人。她把一切都搞砸了。去年她拒绝了一位丧妻的巴斯骑士，他膝下有三个孩子。这件事真叫她有点儿后悔，母亲一定会变得更可怕了。多丽丝呢，多丽丝以前一直为她牺牲，盼着凯蒂会喜结良缘，这下免不了对她幸灾乐祸。凯蒂的心情一落千丈。

11

一天下午她从哈罗德百货公司往家走，在布兰普顿道偶遇了沃尔特·费恩。他停下来跟她说话，然后无意中问她是否愿意跟他去公园转转。她当时也不怎么想回家，那时的家已经不是什么好待的地方。他们一起闲逛，像以往那样随意地聊着天，他问她准备去哪里度夏。

“哦，我们总是隐居乡下。你看，父亲工作一段时间总是十分疲惫，我们就尽量找个安静的地方。”

凯蒂这话说得半真半假，因为她很清楚父亲没忙到让他疲惫的份儿上，就算他真那样，也不会从照顾他的角度商量去哪里度假。

不过安静的地方就是便宜的地方。

“你不觉得那椅子很吸引人吗？”沃尔特突然说。

她顺着他的目光看见树下的草地上有两把绿色的椅子。

“那我们去坐坐吧。”她说。

可他们一坐下，他好像魂不守舍起来，真是个古怪的家伙。她继续聊着天，快快活活，琢磨着他为什么要邀她来公园散步，也许他要向她吐露自己对香港那个笨手笨脚的女护士的恋情？突然他转过身来，打断她没说完的话，让她一下看出他根本没听她在说什么。他的脸白如垩粉。

“我想跟你说件事。”

她很快看了他一眼，见他眼里充满了痛苦的焦虑，他的声音紧张、低沉、不太镇定。她还没有弄清这番激动有何寓意，他又说话了。

“我想问你能不能嫁给我。”

“你可吓坏我了！”她回答说，惊得脸上没了表情，直愣愣看着他。

“难道你不知道我非常爱你吗？”

“你可从来没表示过。”

“我笨嘴拙舌。我一直觉得真心话很难说出口，言不由衷倒很容易。”

她心跳得有点儿快。她以前被不少人求过婚，但都是兴高采烈或者热情洋溢，于是她也用同样的态度回应对方。还从来没人用这种突然却又奇怪的悲剧性方式向她求婚。

“你真好。”她含糊地说。

“我第一次见到你的时候就爱上了你。以前我也想问你，但一直拿不出勇气。”

“我也说不准这种方式好不好。”她咯咯笑着。

她很高兴有机会笑一笑，因为这天阳光灿烂，周遭的空气却一下子凝重起来，似乎夹杂着不祥的预感。他阴郁地皱着眉头。

“哦，你知道我的意思，我不想失去希望。但现在你要离开了，秋天我又要回中国。”

“我还从没有对你产生过那样的想法。”她无奈地说。

他没再说什么，只紧绷着脸看着草地，这个古怪的家伙。但现在，在他表白以后，她以某种神秘的方式感觉到他的爱是她从未遇到过的。她有点害怕，却也感到得意，他的泰然冷漠也隐隐有些感人呢。

“你得给我时间考虑。”

他一动不动，也不说什么。难道他打算留她待在这儿，直到她做出决定吗？这太荒唐了，她得把这事告诉母亲。她真该在说那句话的时候站起身来，她不过是想等等，听他怎么回答，但现在，不知为什么，她发现很难再动弹。她没有看他，但心里意识到他的外表和神态，她从来没想过自己会嫁给一个只比自己高一点点的男人。当你坐在他旁边时你会发现他的五官多么好看，他的脸色多么阴冷。奇怪的是，你又不能不意识到他内心涌动着一股强烈的情感。

“我不了解你，我一点儿都不了解你。”她声音颤抖着说。

他朝她看了一眼，她觉得自己的眼睛被吸引了过去。那一眼饱含柔情，这是她以前从未见到过的，但里面还有某种恳求，就像挨了鞭打的狗一样，这让她有点儿恼火。

“我认为交往下去的话，你会觉得我还不错。”他说。

“你肯定是害羞了，对吧？”

这无疑是她经历过的最为奇特的求婚。即使是现在，她也觉得当时相互说的话是那种场合最不该说的。她一点儿也不爱他，她不知道为什么自己没有毫不犹豫地拒绝他。

“我非常笨拙。”他说，“我想告诉你，我爱你胜过世界上的一切，但我觉得这话太难开口了。”

接着就更奇怪了，因为这话莫名其妙打动了她；他并不是真的冷漠，当然，只是他那种方式不太适当。这会儿她觉得自己比任何时候都喜欢他。多丽丝十一月就要结婚。那时候他应该上路去中国了，在多丽丝的婚礼上担任女傧相可不是什么好事。她很高兴能够一走了之。到那时多丽丝已经结了婚，如果她还是单身一人，就显得她更老。如此一来，也就更没人要了。对她来说这谈不上什么美满姻缘，但总算是结了婚，事实上去中国生活也会让事情变得容易些。她害怕母亲那张不饶人的嘴。是啊，跟她同时进入社交界的女孩子早就结婚了，大部分还有了孩子。她讨厌去见她们，讨厌她们唠叨孩子的事儿。沃尔特·费恩为她提供了一种新的生活。她转过头来对他微笑，很清楚这微笑带来的效果。

“如果我就这样草草答应嫁给你，你什么时候能跟我结婚？”

他兴奋得猛抽了一口气，苍白的面颊红了起来。

“现在！马上，越快越好。我们去意大利度蜜月，八月和九月。”

这样一来，她就不用去每周花五个基尼租下的乡间房子跟父母一道度夏了。瞬间她眼前浮现出《邮政晨报》上发出的通告：新郎即将返回东方，婚礼马上举行。她太清楚了，母亲一定会大肆排场。至少会让多丽丝暂居幕后，等多丽丝举办那场更加宏大的婚礼时，她早已远走高飞了。

她伸出一只手。

“我很喜欢你。你必须给我时间，让我熟悉你。”

“这么说你答应了？”他打断她。

“我想是的。”

12

她当时对他了解很少，而现在，尽管他们已经结婚将近两年，她对他仍旧知之不多。起初她被他的亲切善良所打动，为他的激情而吃惊并欣喜。他异常体贴，也很在意她是否安逸，只要她稍稍表达出某种愿望，他便忙不迭地去实现，他经常送她各种小礼物。当她偶然感到不舒服，没有人照顾得比他更加亲切周到。要是给他机会去做一件她懒得做的事，那简直就是对他的恩典。他总是极有礼貌：她走进房间，他会站起身来；他伸手扶她下车；如果偶然在街上遇见她，他会脱帽致意；当她离开房间时，他会殷勤地上前为她开门；他从来不会不敲门就进她的卧室或起居室。他不像凯蒂所见的大多数男人对待自己妻子那样，却好像她是来乡间别墅的客人。这很令人愉快，尽管有点儿滑稽。如果他能随意一点儿，她会觉得跟他在一起更自在。他们的夫妻关系也没有让两人更亲近，他总是那么狂热，充满激情，有点儿古怪的歇斯底里，还多愁善感。

她不安地发现他实际上十分情绪化，他的自我控制归结于羞涩或长久以来的习惯，她弄不清到底是哪一种：当他拥她在怀里，欲望得到满足时，这个羞于讲出什么可笑之话的人，这个生怕自己显得荒谬的人，竟会用那种对婴儿的口气说话，这让她有些难堪。有一次她狠狠伤了他的感情，讥笑着告诉他，他说的全是些最可怕的废话。当时她便发觉搂着自己的手臂松了下来，他沉默了一小会儿，然后一言不发地放开她，回了自己的房间。她不想伤害他的感情，一两天后便对他说："你这个老糊涂虫，我并不在乎你跟我说的那些胡话。"他害羞地笑了几声。

她很快发现他有种不幸的缺陷，无法做到完全忘我，他太过自觉了。聚会上大家唱歌的时候，沃尔特从来无法参与进来。他只是坐在一边微笑着表示他很开心，但那笑容是勉强的，更像是讥讽的假笑，让你不禁觉得这些自得其乐的人在他眼里不过是一群傻瓜。他从不参加令凯蒂兴致勃勃的圆桌游戏。在去中国的旅途上，他断然不肯像别人一样穿上化装舞会般的中国装。显然，他觉得这些全都无聊至极。

这让凯蒂十分扫兴。她生性活泼，爱笑，可以整天聊个不停，所以他的沉默让她不安。他有个习惯，对她不经意说出的话不予回应，这让她很是恼火。那种话确实不需要回答，但答上一句总会让人更加愉快。如果下雨了，她说："真是大雨倾盆啊。"她希望他会跟上一句："是啊，可不是嘛！"但他选择沉默，有时她真想上前使劲摇晃他。

"我说这是倾盆大雨。"她又重复一遍。

"我听见了。"他回答，脸上带着深情的微笑。

这表明他不想惹她生气，不说话是因为他没什么可说的。可是，凯蒂笑着想，如果人人都在有话可说的时候才开口，人类很快就丧失语言能力了。

13

当然了，事实是他不具备魅力，因此不受大家的欢迎，这一点她到香港后没多久就发现了。她对他的工作依然不了解，但已十分清楚地认识到政府的细菌学家只是个无名头的小人物，知道这个就足够了。他好像不愿意跟她讨论自己这部分生活。起初她对他工作的方方面面都抱有兴趣，什么都要询问，他总是用几句说笑把她搪塞过去。

“非常枯燥，技术性很强。”他在另一个场合曾说，“而且报酬也很低。”

他很矜持。她所了解的有关他祖辈的情况，以及他的出身、他受的教育和遇见她之前的经历，都是她一一探问出来的。很奇怪，似乎唯一惹他心烦的就是问他问题。可她天生好奇，连珠炮似的向他提问，结果他的回答一个比一个生硬粗鲁。她明察秋毫，知道他并非想隐瞒什么，只不过出于封闭的天性。他厌烦谈论自己，因为这让他害羞、不自在，他不知该如何豁达开放。他喜欢读书，但那些书让凯蒂感到枯燥乏味。如果不是在埋头写科学论文，他就去读有关中国的书或者历史著作。他从来都不放松，她觉得他根本放松不下来。他也喜欢竞技运动，打网球和桥牌。

她不知道他为什么爱上自己，想不出还有谁比她更不适合这个内敛、冷淡、自持自重的人。然而，他的确疯狂地爱着她，愿意做任何事情来取悦她。他像一个蜡人，随她操控摆布，但一想到他展示给她的、只有她能看见的那一面，便对他有些鄙视。她怀疑他那讥讽的态度，对她所喜欢的诸多人和事抱有的轻蔑容忍，不过是一个幌子，用以掩盖内心深处的虚弱。他很聪明，大家似乎也都这样认为，但除了十分偶然的情况下，他跟两三个自己喜欢的人在一起，心情也不错以外，她从没见过他高高兴兴，表现出愉快。她倒不是嫌他无聊，只是对他漠不关心。

14

虽然凯蒂曾在许多场茶会上见过查尔斯·汤森的妻子，但来香港几个星期后才见到他本人。她跟着丈夫去他家吃饭时被引见给他，凯蒂当时深怀戒心。查尔斯·汤森是殖民地助理辅政司，她绝不容许他利用自己来展示其屈尊的恩赐，这一点她早就在汤森太太身上看得一清二楚，尽管对方极尽礼数。接待他们的房间十分宽敞，屋中的摆设跟她去过的每一位香港人家的客厅一样，舒适而朴实。那是一场大型聚会，他们是最后到来的客人，进门时，穿着制服的中国仆人正在为客人们送上一轮鸡尾酒和橄榄酒。汤森太太漫不经心地跟他们打了招呼，看着一张名单告诉沃尔特要引着哪位客人一道进餐[1]。

凯蒂看到一位身材高大、相貌英俊的男人走上前来。

“这是我的丈夫。”

1　按照宴会的惯例，主办者会为来访的夫妻另选合适的异性，与其相伴落座。

“我享受优待坐在你们旁边。”他说。

她立刻感到踏实下来，心里的敌意一下子消失了。他眼含笑意，但她仍看到那目光中闪过一丝惊讶之色。她很清楚其中的寓意，这让她直想笑出声来。

“我再吃不下任何东西了，”他说，“哪怕我知道多萝西的晚餐好得要命。”

“为什么吃不下？”

“应该有人通知我一下。真该有人预先给我提个醒。”

“提醒什么？”

“谁都没提一个字，我怎么会知道要跟一位惊世美人相会？”

“这话要我接什么才好呢？”

“什么也别说，把说话的差事交给我，我会说上一遍又一遍。”

凯蒂不为所动，她不知道他妻子到底是怎么跟他描述自己的，他一定询问过。这时，汤森低头用含笑的眼睛看着她，突然想了起来。

“她到底长什么样？”当他妻子告诉他遇见费恩医生的新娘时，他问过。

“哦，相当漂亮的小东西，女演员一样。”

“她上台表演过？”

“哦，不，我觉得没有。她父亲是个医生或者律师，我看我们该请他们来吃顿饭。”

“这不着急吧？”

当他们紧挨着坐在餐桌边上时，他告诉她，他在沃尔特·费恩刚来殖民地那会儿就认识他了。

“我们一起打桥牌，他无疑是俱乐部里的桥牌高手。”

她在回家的路上把这话说给沃尔特听。

“这说明不了什么，你知道。”

“他打得怎么样？”

“不太坏。他要是拿到一副赢牌，就玩得很好。但如果遇到不好的牌，就会玩得一塌糊涂。”

“他跟你玩得一样好吗？”

“我对自己的牌技不抱任何幻想，应该说我在二级玩家里算玩得不错的。汤森认为他算是一流，其实算不上。”

“你不喜欢他？”

“我既不喜欢他，也不讨厌他。我相信他把工作做得不错，大家都说他是个很棒的运动员，我对他没什么兴趣。”

这已不是沃尔特第一次用这种不温不火的态度激怒她了。她心里说，有什么必要如此谨小慎微呢？你要么喜欢人家，要么不喜欢。她就很喜欢查尔斯·汤森，她从未想过会这样，他大概是殖民地最受欢迎的人。据说殖民地辅政司很快就要退休，大家都希望汤森接替他。他打网球、马球和高尔夫，还养了几匹赛马。他总是乐于对人施恩行善，从来不让繁文缛节妨碍自己，人也没什么架子。凯蒂不知自己以前为什么讨厌听人说他的好话，大概她想当然地觉得他一定非常傲慢自负。她真是太愚蠢了，最不该指责他的就是这一点了。

那一晚她过得十分愉快。他们谈到伦敦的剧院，谈到爱斯科特赛马会和考斯的赛艇会，只要是她知道的都聊得起来，所以她真有可能在伦诺克斯花园的某座漂亮宅邸遇到过他。后来，等男人们饭后都去了客厅，他便漫步走到她这边，又在她身旁坐下。虽然他没说什么逗趣的话，还是让她咯咯发笑，这大概是出于他说起话来的样子：他深沉、浑厚的嗓音里带着爱抚，那亲切、明亮的蓝眼睛里充满愉悦之情，让你觉得跟他在一起会自由自在。他当然很有魅力，因此才那样讨人喜欢。

他身材高大，在她看来至少六英尺二英寸。体形也很漂亮，身材很好，浑身上下没有任何多余的赘肉。他穿着考究，整个房间里数他最会打扮，衣服也很合体。她喜欢穿戴时髦的男人，目光又移到沃尔特身上，他真该好好打扮打扮。她注意到汤森的袖扣和背心上的钮扣，她曾在卡地亚珠宝店见过类似的。汤森家自然是收入不菲。他的脸晒得黝黑，但阳光并没夺走他脸颊的健康肤色。她喜欢他那精心修剪的卷曲的小胡子，并没有遮住他丰满红润的嘴唇。他的头发乌黑，虽短但梳理得非常光滑。最好看的还是浓眉下那对眼睛，它们是那样的蓝，含着笑意亲切地向你诉说着他脾性中的甜蜜可爱。拥有这样一双蓝眼睛的人绝不会忍心去伤害谁。

她断定自己给他留下了深刻印象。就算他没对她说什么甜言蜜语，那双温情脉脉的眼睛也已露出了真相。他气度闲适，令人愉快，又毫不扭捏做作。凯蒂十分熟悉这种氛围，她很欣赏他在善意的取笑之间——那是他们的主要话题——不时加入几句恰到好处的奉承话。在告别握手时他轻轻按了按，让她丝毫不会弄错。

“我希望很快再见到你。”他轻描淡写地说，但那眼神让这话有了另一层意思，她绝不会看不出来。

“香港很小啊，不是吗？”她说。

15

当时谁会想到，才三个月他们就会发展成这种关系？他后来告诉她，第一次见面的那个晚上他就疯狂地爱上了她，她是他见过最漂亮的女人。他记得她当时穿的衣服，那是她的结婚礼服，他说她看上去就像一朵铃兰。在他告诉她之前，她就知道他爱上了自己，心里有点儿害怕，跟他保持着距离。他很冲动，这就很难办了。她不敢让他吻她，因为一想到他的胳膊要搂住她，她的心就会狂跳。她还从未恋爱过，这太美妙了。而现在，当她尝到了爱情的滋味，一下子对她丈夫施予的爱倍感同情。她说笑般地奚落沃尔特，竟发现他并不反感。她以前或许还有点怕他，但现在她更有信心了。她揶揄他，喜欢看他领受她的玩笑时脸上慢慢浮现的笑容，他又惊讶又高兴。她想，他不久就会开始有人情味了。现在她多少知晓了爱情的真谛，让她转而细细抚弄他的情感，就像竖琴师将他的手指撩过琴弦。看到他被自己弄得晕头转向、不知所措，她就哈哈大笑起来。

当查理成了她的情人后，她跟沃尔特之间的形势就越来越荒谬。一见他那么严肃，那么自制，她就很难忍住哈哈大笑。她实在太高兴了，甚至感觉不到这样对他太不厚道。毕竟，如果没有他，她永远都不会认识查理。她犹豫了一段时间后才迈出了最后一步，不是因为她不愿屈服于查理的激情——她的激情也跟他不相上下——而是因为她的教养和俗常规矩让她畏葸不前。她随后很是惊奇（最终的行动完全出于偶然，他们谁都没有看到任何机会，直到它面对面摆在眼前），发现自己的感觉与以前没有任何不同。她原以为这会给她带来某种她也说不清的梦幻般的变化，让她觉得好像变了一个人。 当她偶然在镜子里照见自己，却茫然发现里面还是她前一天见过的那个女人。

“你生我的气吗？”他问她。

“我非常爱你。”她低声说。

“你不觉得你浪费那么多时间很傻吗？”

“真是个纯粹的傻瓜。”

16

她的幸福——有时几乎让她难以承受——再度焕发了她的美貌。在结婚之前她便开始失去最初的青春活力，变得疲劳而憔悴。一些刻薄无情的人说她已经凋败，一个二十五岁的姑娘跟同样年龄的已婚妇女显然不同。她就像一颗玫瑰花蕾，花瓣的边缘已开始泛黄，可一转眼却变成一朵盛开的玫瑰。她明亮的眼眸深情款款，她的肌肤（这一直让她最为骄傲，也最悉心呵护）光鲜夺目，不能将其比作鲜桃或花朵，反过来是它们要争相与之媲美。她看上去就像又回到了十八岁，那美艳夺目的魅力登峰造极。这一点实在无法不让人评说，她的女友们悄悄善意地问她是不是要生孩子了。那些冷漠的人曾说她不过是个长着一只长鼻子的漂亮女人，现在也不得不承认他们错看了她。她就是查理第一次见到她时所说的“惊世美人”。

他巧妙安排两人的私通。他说自己肩背宽阔（“我可不让你炫耀自己的身材。”她轻轻打断他），这种事他根本不在乎。但为了她着想，他们不能冒一丁点儿危险。他们无法经常单独见面，对他来说太不经常了，但也不得不为她考虑，一般是在那家古董店，偶尔午餐后在周围没人的时候去她房子里。但她经常能在各种场合见到他，看到他一本正经地跟她说话，一如往常对待其他人那样轻松快活，她就觉得十分有趣。听见他风趣诙谐地跟她说笑，谁能想象到没多久之前他还满怀激情地搂着她呢？

她崇拜他。打马球时他脚蹬漂亮的高筒靴子，穿着白色的马裤，潇洒迷人。一身网球服让他看上去像个小伙子，他当然为自己的身材骄傲，那是她见过最棒的，他煞费苦心加以保持。他从来不吃面包、土豆或者黄油，他花费大量时间锻炼，她喜欢他那样保养双手，他每周修剪一次指甲。他是位出色的运动员，一年前刚赢得了当地网球比赛的冠军。他也一定是她遇到过最好的舞者，跟他共舞如入梦幻之境。没人会觉得他已年届四十，她对他说实在不敢相信。

“我觉得你是在虚张声势，你实际只有二十五岁。”

他笑了起来，这话使他十分开心。

“哦，亲爱的，我是个中年绅士，有个十五岁的儿子，再过两三年我也成了肥胖的老家伙了。”

“你就算到了一百岁也一样可爱。”

她喜欢他那对黝黑、浓密的眉毛，她怀疑正是这眉毛让他那双蓝眼睛多了一种躁动的感情。

他多才多艺：钢琴弹得相当不错，当然是弹拉格泰姆；他嗓音圆润，能诙谐幽默地演唱喜剧歌曲。她不知道还有什么事情他做不来，工作上他同样精明强干，她也分享他这方面的快乐，他告诉她自己着手处理了某个棘手的难题，为此总督特别向他表示祝贺。

“虽然话是我说出来的，”他呵呵笑着，两眼柔情蜜意地看着她，“部里还真没有哪个家伙比我干得更漂亮。”

唉，她多希望自己是他的妻子，而不是沃尔特的啊！

17

当然现在还不清楚沃尔特是否知道真相。如果他不知道的话，也许最好顺其自然。但如果他知道了，那么说到底，对他们几个倒是件好事。一开始，她即使算不上满意，至少也顺从了只能偷偷跟查理见面的事实。但时间愈发助长了她的热情，她越来越无法忍受阻止他们长相厮守的障碍。他多次向她表白，他痛恨自己的地位让他不得不小心谨慎，痛恨束缚他的绳索，还有束缚她的绳索。

他说，要是他们俩完全自由该多好啊！她明白他的意思。谁也不想闹出丑闻，你必须经过深思熟虑才能改变自己的生活轨迹。但假如自由突然落到他们头上，啊，那样的话，一切该有多简单啊！

看来不会有谁遭受太大损失，她很清楚他跟妻子的关系，那是个冷漠的女人，多年来他们之间已无爱情可言，是习惯将他们维系在一起，还有便利，当然也因为孩子。凯蒂的情况要复杂一些：沃尔特很爱她，好在他也倾心专注于工作。何况男人们总有自己的俱乐部可去：最初或许很苦恼，但他会挺过去的，他没有任何理由不再娶别人。查理跟她说，他怎么也想不出她竟会把自己白白搭给沃尔特·费恩。

她心里纳闷，同时觉得有些好笑，为什么刚才那会儿她战战兢兢，生怕沃尔特当场抓住他们。不错，眼见门把手那样慢慢转动确实让人毛骨悚然，但毕竟他们知道沃尔特最坏能做出什么举动，对此早有准备。世上最让他们二人期盼的事情竟这样降临在他们头上，查理会跟她一样感到如释重负。

沃尔特是个正人君子，说句公道话，她愿意承认他这一点，再说他又很爱她。他会做出正确抉择，容许跟她离婚。他们犯下了错误，幸好现在发现得不太晚。她拿定主意究竟该跟他说些什么话、如何对待他。她会很和善，面带微笑，但态度坚定。他们没必要吵架，以后，见到他她也会高高兴兴。她真心希望他们一同度过的两年会成为他极其珍贵的记忆。

多萝西·汤森丝毫不会介意跟查理离婚，凯蒂想。现在，多萝西最小的儿子要回英格兰，那她也一起回去再好不过，在香港完全无事可做。她所有的假期都能跟儿子们在一起，再说英格兰还有她的父母亲。

事情会非常简单，一切都可以妥当处理，既不闹出丑闻，也不伤和气。然后她就跟查理结婚。凯蒂长长舒了一口气，他们会幸福的。为达到这一目的，值得经历一定的麻烦。一幅幅图景交替呈现在她眼前，想到他们的共同生活，他们共处的乐趣，他们一次次外出短暂旅行，还有他们要住的房子，他获擢升的职位和她给予的扶助。他会为她深感自豪，而她，则对他倍加爱慕。

但有一股忧虑的暗流在这一幅幅白日幻景之间穿过，这种感觉很难解释，仿佛一支乐队的木管和弦乐器在演奏牧歌般的旋律，而低音部的套鼓却轻轻敲击出一连串冷森森的音符，预示着某种不祥。

沃尔特迟早会回家，一想到要看见他，她的心就开始狂跳。奇怪的是，这天下午他一句话也没跟她说就走了。她当然并不怕他，说到底他能怎么样呢？她反复说服自己，但无法完全消除内心的不安，她把想对他说的话又在心里重复了一遍。大闹一场能有什么好处？她非常遗憾，天知道她不想让他痛苦，但她如果不爱他的话，她又能有什么办法呢？继续伪装毫无益处，总不如把真相说出来好。她希望他不会不高兴，但既然已经犯了错误，唯一明智的做法是承认这一点，她会一直想着他的好。

就在她跟自己念叨着这些的时候，猛然间一阵恐惧让她手心冒汗，惊吓之余她愈发对他感到气愤。如果他要大吵大闹那是他的事情，要是闹出意想不到的结果，他可不要大惊小怪。她会告诉他，她从来就没把他放在心上，结婚后她没有一天不后悔的。他很无趣，哦，他真让她厌烦，厌烦，厌烦！他觉得自己高人一等，这简直可笑。他毫无幽默感。她讨厌他盛气凌人的架势，讨厌他的冷漠、他的自我克制。要是一个人对任何事情、任何人都不感兴趣，心目中只有自己，自我克制也就很容易了。他让她反感，她不愿意让他吻她。他到底有什么可自负的？他舞跳得很烂，在聚会上他只能扫别人的兴，既不会演奏也不会唱歌，他不会打马球，网球也赢不过任何人。桥牌？谁还在乎桥牌呢？

凯蒂越想越气，登时怒火冲天，看他胆敢责备她。发生的一切全是他自己的错。谢天谢地，他终于就要知道真相。她恨他，希望再也不要见到他。是的，她很感激这一切全都结束了。他为什么还不放开她？他缠着她嫁给自己，现在她受够了。

“受够了，”她大声重复道，气得浑身发抖，“受够了！受够了！”

她听见汽车停在了他们的花园门口，他正朝楼上走来。

18

他进了房间。她的心狂跳着，两手不停地颤抖，幸好是躺在沙发上。她拿着一本打开的书，仿佛正在阅读。他在门口站了一会儿，两人的目光相遇了。她的心往下一沉，突然感到一股寒意传遍肢体，让她猛地哆嗦了一下。就像人们常会借用的那句俗语——犹如有人踩在你的坟墓上——来描述这种颤栗。他脸色惨白。这种样子她以前见过一次，那是他们一起坐在公园里，他求她嫁给他。他深色的眼睛一动不动，难以捉摸，瞳孔大得超乎寻常。他什么都知道了。

“你回来得挺早啊。”她说了一句。

她的嘴唇颤抖着，这让她几乎吐不清字眼。她吓坏了，生怕自己晕过去。

“我觉得跟平时差不多。”

他的声音在她听来很奇怪，最后一个字稍稍上扬，让他的话显得随意，但这是硬装出来的。她弄不清他是否看出她浑身上下都在发抖，她必须强忍着才不会尖叫起来。他垂下眼睛。

“我去换身衣服。”

他离开了房间。她瘫软无力，两三分钟内都动弹不得，但最后还是从沙发上直起身来，就像大病初愈，身子依然虚弱，勉强在地上站稳。她不知自己的两条腿能不能支撑住，扶着椅子和桌子慢慢移到走廊上，然后一只手扶着墙壁挪回她的房间。她穿上茶会时的衣服，回到起居室时（他们只在聚会上才用客厅）他正站在桌子旁边看《随笔》周报上的照片。她勉强打起精神走了进去。

“我们下去吧？晚餐已经准备好了。”

“我没让你久等吧？”

可怕的是她的嘴唇不停颤抖，根本控制不住。

他打算什么时候说那件事呢？

两人都坐了下来，沉默了一会儿。接着他说了一句，那句话平淡无奇，反而带有不祥的味道。

“‘皇后号’今天没有到港，”他说，“不知道是不是因为风暴才延期了。”

“应该是今天到吗？”

“是的。”

她现在看着他，见他的眼睛固定在面前的盘子上。他又谈起了别的，同样平常琐屑，是关于即将开始的网球比赛，一直说了半天。他的声音通常令人愉快，音调抑扬顿挫，但现在全在同一个调子上，显得陌生而不自然，让凯蒂觉得好像他从很远的地方说话。他的眼睛一直盯着盘子，或者桌子，或者墙上的某幅画，独独不去跟她对视。她发觉他不忍看自己。

“我们可以去楼上吗？”晚餐结束后他说。

“随你了。”

她站起来，他为她开门。走过他身边时，他垂下眼睛。来到起居室后，他又拿起那份带插图的周报。

“这份《随笔》是新的吗？我好像没看过。”

“不知道，我没留意。”

报纸已经在那儿放了大概两个星期，她知道他已经读了一遍又一遍。他拿起它，坐了下来。她又在沙发上躺下，拿过那本书。晚上如果只有他们两个，一般他们会玩库恩牌或者单人纸牌。他舒舒服服靠进扶手椅里，注意力似乎被那些插图吸引了过去，一直没有翻动报纸。她想读书，但无法看清眼前的字句，文字变得模糊。她的头剧烈疼痛起来。

他什么时候才开口呢？

两人默默坐了一个小时。她不再假装读书，把那本小说放在膝盖上，呆呆地望着半空，不敢做出任何动作，或弄出一丁点儿声响。他纹丝不动坐着，姿态还是那么轻松悠闲，那双毫无动感的大眼睛盯在图片上。他的沉静带着一种奇妙的威胁意味，让凯蒂联想到一头野兽，随时准备一跃而起。

他突然站了起来，让她一惊。她紧握双手，感觉自己的脸都白了。开始了！

“我有些工作要做，”他用安静、单调的声音说，眼睛避开她，“如果你不介意，我就回书房了。我想，等我完成的时候你已经上床睡觉了。”

“我今晚确实很累。”

“那好，晚安。”

“晚安。”

他离开了房间。

19

第二天早上她逮着个机会往汤森的办公室打了通电话。

“是我，什么事？”

“我想见你。”

“亲爱的，我非常忙，我是个有工作的人。”

“这件事很重要，我能去你的办公室吗？”

“哦，不，我要是你的话就不那么做。”

“好吧，那你就到这儿来。”

“我实在脱不开身。今天下午行吗？还有，你不觉得我最好不去你家吗？”

“我必须马上见你。”

接着是一阵停顿，让她担心电话挂断了。

“你在吗？”她焦急地问。

“是的。我在想呢，发生什么事了？”

“我不能在电话里跟你说。”

又是一阵沉默，此后他才开口。

“好吧，听着，我可以抽出十分钟时间，一点钟跟你见个面，你看行不行？你最好去顾舟的店里，我尽快赶过去。”

“那家古董店？”她惊慌地问。

“是啊，我们总不能去香港酒店的休息室见面吧。”他回答。

她注意到他的声音有点儿恼火。

“那好，我去顾舟那儿。”

20

她在域多利道下了黄包车，穿过陡坡上的一条窄巷来到古董店。在店外闲逛了一会儿，注意力似乎被橱窗里的古玩吸引了去。站在门口迎候顾客的伙计马上认出了她，咧开嘴巴朝她会意地笑了笑。他跟里头的什么人说了句中国话，随后，那位个子矮小、长着一张胖脸、身穿黑色长袍的店主出来跟她打招呼。她连忙走了进去。

“汤森先生还没来，你先去顶楼好吗？”

她来到店铺后面，摸黑走上摇摇晃晃的楼梯。中国人跟着她，打开通往卧室的门锁。这里十分憋闷，弥漫着一股刺鼻的鸦片烟味儿。她在一只檀香木柜子上坐下。

不一会儿，她听到嘎嘎作响的楼梯上响起沉重的脚步声。汤森走了进来，随手把门关上。他一脸愠怒，但一见到她，那脸色便消失了，立刻露出那迷人的微笑。他一下把她抱在怀里，吻了吻她的嘴唇。

“说吧，出了什么事？”

“一见到你，我就感觉好多了。”她笑了。

他坐在床边，点燃一支香烟。

“你今天早上显得很狼狈嘛。”

“那也不奇怪，”她回答，“我几乎一整夜都没合眼。”

他看了她一眼，还是那样笑着，只是笑容有点僵硬，不太自然。她发觉他眼里有一丝焦虑的阴影。

“他知道了。”她说。

他稍稍停顿了一下，然后才回答。

“他说什么了？”

“他什么也没说。”

“奇怪！”他两眼紧盯着她，“那你为什么认为他知道呢？”

“从各方面。他的样子，他吃饭时说话的方式。”

“他耍脾气了？”

“没有。恰恰相反，他很谨慎，客客气气。自从我们结婚以来他头一次道晚安时没有吻我。”

她垂下眼睛，不知道查理能不能理解。通常沃尔特会把她搂在怀里，嘴唇跟她的紧贴着，久久不肯放开。亲吻让他整个人变得温柔多情。

“你觉得他为何什么都不说？”

“我不知道。”

又是一阵停顿，凯蒂一动不动坐在檀香木柜子上，焦急地看着汤森。他的脸色又变得阴沉，紧锁双眉，嘴角也耷拉下来。但他突然抬起头来，眼睛里闪过一丝歹毒的快意。

“我估计他什么也说不出来。”

她没有答话，不明白他是什么意思。

“毕竟，对这种事情睁一只眼闭一只眼的人，他也不是头一个。大闹一场他能得到什么好处？如果他想闹，他早就闯进你的房间了。”他眨了眨眼睛，嘴唇展露出灿烂的笑容，“我们俩也就成了一对十足的傻瓜。”

“真希望你能看见他昨晚那种脸色。”

“我估计他很烦乱。这当然是个打击，对任何男人都是莫大的羞辱。他一直表现得很愚蠢，沃尔特给我一种印象，他不是那种愿让家丑外扬的人。”

“我也觉得他不会，”她若有所思地回答，“他很敏感，我早就发现这一点了。”

“到目前为止一切都对我们有利。你知道，有个很好的办法，就是设身处地想一想如果你是他，你该如何行动。一个男人遭遇这种境况，只有一种办法能够保全面子，就是装作什么都不知道。我敢随你拿任何东西打赌，他就是这么打算的。”

汤森越说越起劲儿，他的蓝眼睛闪闪发光，又变回原来那个快活乐天的自我。他的一番启发让人信心大增。

“天知道，我不是有意说他的坏话。但实质问题是，一个细菌学家没什么了不起。等西蒙斯回家了，我就很有可能当上殖民地辅政司，沃尔特跟我搞好关系对他自己也有好处。他得为自己的饭碗考虑，我们大家都那样。你觉得殖民政府会重用一个弄出丑闻的家伙吗？相信我，他要是守口如瓶，什么都少不了他的。要是大吵大闹，就什么都没他的份儿。”

凯蒂不安地挪动着身子，她知道沃尔特多么害羞，他害怕吵闹，担心引起公众的注意，她相信这些都会对他造成影响，但她不相信他会受到物质利益的左右。也许她还不是非常了解他，但查理对他就更不了解了。

“你想没想过他疯狂地爱着我？”

他没有回答，但用调皮的眼神对她笑了笑，那迷人的样子她既熟悉又喜爱。

“哦，怎么啦？我知道你要说点儿可怕的话了。”

“嗯，你知道，女人往往觉得男人疯狂地爱上了她们，实际上没到那种地步。”

她第一次笑了起来，他的自信很有感染力。

“这话可真耸人听闻。”

“恕我直言，你最近一直没怎么为你丈夫操心，也许他不像从前那么爱你了。”

“不管怎么说，我永远不会欺骗自己，觉得你疯狂地爱着我。”她回敬了一句。

“你错就错在这儿了。”

啊，听他能这么说多好啊！她早知道这一点，她相信他的爱情，这让她心里热乎乎的。他边说边从床上站起身来，靠着她坐在檀香木柜子上，他伸出胳膊搂着她的腰。

“别再让你傻傻的小脑瓜苦恼了，”他说，“我向你保证没什么可害怕的，我有十足的把握他会装作什么都不知道。你知道，这种事情是很难证明的。你说他爱你，也许他不愿彻底失去你。如果你是我妻子，我发誓我会接受任何条件也不愿失去你。”

她向他倚靠过去，身子软塌塌地抵着他的胳膊。她感受着对他的爱，这几乎是一种折磨。他最后说的那句话提醒了她：或许沃尔特爱她爱得十分强烈，以至于他准备接受任何屈辱，只要她偶尔还能让他爱一爱就行。这一点她可以理解，因为她对查理的感觉就是这样。一股自豪的快意传遍她的全身，同时又稍有反感：有的人竟然会爱得如此卑贱。

她亲昵地伸出胳膊搂住查理的脖子。

“你真是了不起。我刚来这儿的时候浑身抖得像片树叶，可你一说，什么都好了。”

他用两手捧着她的脸，吻了吻她的嘴唇。

“小乖乖。”

“你让我心里宽慰多了。”她叹了口气。

“我担保你用不着紧张，你知道有我在这儿呢，我不会丢下你不管的。”

她不再害怕了，但一转眼——这简直不合情理——她又为自己未来的计划破灭而感到遗憾，现在什么危险都过去了，她倒希望沃尔特会坚持离婚。

“我知道我可以依靠你。”她说。

“我正希望这样。”

“你不去吃午饭了？”

“噢，去他的午饭吧。”

他把她拉得更近些，现在她被紧紧搂在他的怀里，他的嘴探寻着她的嘴唇。

“哦，查理，你得让我走了。”

“决不。”

她轻轻笑出声来，这是幸福爱情的笑，是胜利的笑。他的眼神饱含着渴望，他托起她来，让她脚尖着地，却并不放开她，抱着她贴紧他的胸膛，一只手锁上屋门。

21

整个下午她都在琢磨查理说的那些有关沃尔特的话。他们当晚要去外面吃饭，他从俱乐部回来时她正在穿着打扮，他敲了敲门。

“进来。”

他没有开门。

“我直接去换衣服了，你还要多长时间？”

“十分钟。”

他没再说什么，便去了自己的房间。他的声音带着很勉强的腔调，这她昨晚就注意到了。她现在感到相当自信，她在他之前准备停当，他下楼时她已经坐在车里了。

“恐怕我让你久等了。”他说。

“没什么大不了的。”她回答，说话时还能保持微笑。

他们开车下山时，她就眼前所见品评了一两句，但他的回答很简略。她耸耸肩膀，稍稍感到有些不耐烦：如果他愿意生气，他就生吧，反正她不在乎。他们就这样开着车，一直沉默着到达了目的地。这是一场大型晚宴，人很多，菜品也很丰盛。凯蒂快活地跟身边的客人闲聊，一边看着沃尔特。他面色惨白，整张脸扭结着。

“你丈夫看上去气色不佳，我还以为他不在意这儿的炎热气候呢。他是不是工作太卖力了？”

“他工作总是很卖力。”

“我估计你很快就会离开吧？”

“哦，是的，大概要去日本，就跟去年一样。”她说，“医生说我得出去避避暑，否则身体会垮了的。”

沃尔特并没有像往常他们外出吃饭那样，时不时会朝她投去微笑的一瞥，他一直没看她。出门上车的时候她就注意到他的眼睛回避着她，下车那会儿他出于惯有的礼貌伸手搀她时也是这样。现在，他跟坐在自己两边的妇女说着话，没有笑，只是用定定的眼神一眨不眨地看着她们。他那双眼睛显得很大，在那苍白的脸上乌黑如炭，他的面孔既僵硬又无情。

他真是个称心如意的陪伴，凯蒂不无讽刺地想。

几个倒霉的女士极力怂恿着这个阴沉沉的假面人随便聊点儿什么，这让她觉得有点儿好笑。

他肯定是知道的，这一点毫无疑问，他正在生她的气。可他为什么只字不提？难道真的是因为尽管又气愤又委屈，他还是很爱她，以至于害怕她会离开他？想到这里，她又不免有些鄙视，但这也是善意的，毕竟他是她的丈夫，为她提供了食宿，只要他不去干涉她，任她随意而为，她就应该好好待他。另一方面，也许他的沉默仅仅出于一种病态的胆怯。查理说得对，沃尔特比任何人更害怕闹出丑闻。除非迫不得已，他从不在公众面前发言。他跟她说过有一次他受法庭传唤为一桩案件提供专家方面的证词，开庭前的一个礼拜他都没怎么合眼。他的羞怯是一种病。

还有一点，男人都很虚荣。只要没人知道发生的事情，沃尔特或许宁愿视而不见。随后，她又开始琢磨查理的话到底对不对，他说沃尔特知道怎么做对自己有利。查理是这块殖民地炙手可热的人物，很快就会接任辅政司之职，他可能对沃尔特大有用处。反过来说，如果沃尔特惹他生气，他就绝不会让沃尔特舒舒服服。一想到自己的情人如此有力、果决，她心里便充满了喜悦；依偎在他强健的双臂中，让她感到自己是那样软弱无助。男人真怪啊。她永远也不会想到沃尔特有可能这样卑鄙，但谁知道呢？也许他严肃的外表不过是卑劣和奸诈天性的一块面具，她越想就越觉得查理说得对，又朝她丈夫那边瞥了一眼，目光里没有一丝包容。

碰巧这时他两边的女人都在跟各自的邻座聊天，把他一个人晾在那儿。他直愣愣盯着正前方，似乎忘了置身其中的宴会，眼里充满了极度的悲伤。这让凯蒂大为震惊。

22

第二天午饭后她躺下小睡，正犯着迷糊，一阵敲门声把她惊醒了。

“谁呀？”她恼火地喊了一声。

这种时候她不习惯被人打扰。

“我。”

她听出是她丈夫的声音，赶紧坐了起来。

“进来吧。”

“我吵醒你了？”他问了一句，走了进来。

“实话说的确如此。”她用自然的语调回答，两天来她一直用这种腔调跟他说话。

“你来隔壁房间吧，我想跟你谈谈。”

她的心猛地抽动一下。

“等我穿上晨衣。”

他离开了。她赤脚穿上拖鞋，裹上一件宽松的晨衣。她往镜子里瞥了一眼，见自己一脸苍白，便涂上一些胭脂。她在门口站了一会儿，为这次面谈鼓起勇气，然后一脸坚毅地走了进去。

“你用了什么法子在这个钟点离开实验室的？”她说，“这个时候我还很少见到你呢。”

“你不坐吗？”

他没有看她，说话的口气十分严肃。她很愿意照他说的做，因为膝盖有点儿哆嗦，无法维持那种戏谑的腔调，便保持着沉默。他也坐下来，点着了一根烟，眼睛不安地在房间四下游动。他似乎有些难于开口。

突然间他把目光全部集中到她身上。由于很长时间里他都刻意避开目光，这一次的直视吓了她一跳，强忍着才没有叫出声来。

“你听说过湄潭府吗？”他问，“近来报纸上对它有过不少报道。”

她惊讶望着他，犹豫了一会儿。

“是不是那个发生霍乱的地方？阿巴斯诺特先生昨晚谈起过。”

“那儿正流行一种疫病，我估计是他们多年来遭受最严重的一次。原本有个传教士大夫在那儿，三天前得霍乱死了。那里有一座法国人的女子修道院，当然也有个海关的人，其他人都已经撤离了。”

他的眼睛仍紧紧盯着她，让她无法垂下目光。她想弄明白他的表情，但因为紧张，只能看出他脸上带有奇怪的警觉。他怎么能这样一动不动地盯着呢，甚至连眼睛都不眨？

“那些法国修女做着力所能及的事，她们已经把孤儿院变成了一所医院。但人们像苍蝇一样死掉，我已经提出去那边负责。”

“你？”

她着实吓了一跳。首先想到的是如果他去了，她也就自由了，可以毫无阻碍地跟查理见面。但这个想法让她震惊，她感到自己脸红了。为什么他要那样看着她？她尴尬地扭过头去。

“有必要吗？”她支吾着说。

“那地方连一个外国医生也没有。”

“但你不是医生，你是个细菌学家。”

“我是医学博士，你知道，在从事专门研究之前我在一家医院做过各种日常工作。细菌学家这一点对我更有利，这对研究工作来说是一次难得的机会。”

他说话时近乎轻率无礼。她瞥了他一眼，惊讶地发现他的眼里闪动着一丝嘲弄，这让她无法理解。

“但会不会很危险呢？”

“非常危险。”

他笑了笑，露出个嘲弄的鬼脸。她用手托住额头。自杀，这是不折不扣的自杀，太可怕了！她没想到他会采取这种办法。不能让他这样做，这太残酷了。就算她不爱他，那也不是他的错，她无法忍受他因为她的缘故去寻死。泪水慢慢流下她的脸颊。

“你哭什么？”他的声音很冷。

“你不是被迫才去的，是吗？”

“不，我完全出于自愿。”

“请不要去，沃尔特。要是出了什么事就太糟糕了，万一你死了呢？”

虽然他仍是一脸冷漠，但眼睛里再次掠过一丝笑意，他没有回答。

“那地方在哪儿？”停顿了片刻后她问道。

“湄潭府？在西江的一条支流上。我们要沿西江逆流而上，然后再坐轿子。”

“我们是谁？”

“你和我。”

她飞快地瞥了他一眼，还以为听错了。但现在他眼里的笑意已经蔓延到了嘴角，那对黑色的眼睛直直地看着她。

“你希望我也去？”

“我以为你会愿意的。”

她的呼吸变得急促，一阵颤栗传遍了她全身。

“但那儿显然不是女人去的地方。传教士几个礼拜以前就把他的妻小送走了。亚洲石油公司的代理和他妻子也来这儿了，我在一次茶会上见过她，我刚想起来她说过他们因为霍乱离开了一个什么地方。”

“有五个法国修女在那儿。”

一阵惊慌攫住了她。

“我不知道你是什么意思。要我去那儿简直是疯了，你知道我有多爱闹毛病。海沃德大夫说我必须出去躲躲香港的热天气，我根本受不了那儿的炎热。再说还有霍乱，非把我吓得丢了魂儿不可，这简直是自找麻烦。我没理由去那儿，我会死的。”

他没有回答。她绝望地看着他，勉强忍着才没有哭叫起来。他脸上那种死灰般的惨白让她骇然失色，她看出那是种憎恶的表情。

他是不是想让她死掉？她回答着自己这个极其可怕的念头。

“这太荒谬了。你要是觉得你应该去，那是你自己的事，但你别想让我也去。我讨厌疾病，这可是霍乱疫情啊。我不想装得很勇敢，也不在乎向你承认我没那份胆量。我要待在这儿，到时候就去日本。”

“我还以为一旦动身开始危险的远征，你会愿意陪伴我呢。”

他已经是在公然嘲笑她了。她给弄糊涂了，不明白他说的这些话都是真的，还是不过想要吓唬吓唬她。

“我觉得要是拒绝去一个既跟我无关、也帮不上忙的危险之地，任何人都没有理由责怪我。”

“你能派上很大用场，你可以鼓励我、安慰我。”

她的脸愈发苍白。

“我不明白你在说什么。”

“我认为理解这话并不需要超凡的智力。”

“我不会去的，沃尔特，要我去那儿实在太荒谬了。”

“那我也不去了，我这就去撤销申请。”

23

她面无表情地看着他。他说的话太出乎意料，一开始她根本弄不清是什么意思。

“你到底在说什么？”她结结巴巴地说。

她的回答连自己听着都觉得虚假，她看到这话让沃尔特严肃的脸上现出轻蔑之色。

“恐怕你把我当成了一个大傻瓜。”

她不知该说些什么，拿不准是否要愤愤不平地断言她清白无辜，或者暴跳如雷，开始怒声责备。他似乎看穿了她的心思。

“我已拿到了所有必要的证据。”

她哭了起来，泪水扑扑簌簌，没什么痛苦便流了下来。她也没去擦。哭泣为她争取了一点时间镇定下来，但脑子里仍一片空白。他毫无关切地看着她，冷静得让她害怕。他开始失去耐心。

“哭没有任何好处，这你知道。”

他的声音那么冷，那么硬，在她心里激起了一股义愤之情。她又恢复了自持。

“我不在乎。我想你不会反对我跟你离婚的，这对一个男人来说算不了什么。”

“容我问上一句，我为什么要为了顾及你而让自己惹上哪怕最微小的麻烦呢？”

“这对你来说没有任何区别，要你表现得像个绅士也并不过分。”

“我少不了要操心你的幸福。”

这时她坐直身子，擦干她的眼泪。

“你这是什么意思？”她问他。

“汤森只有在他成为共同被告，而且这场伤风败俗的官司迫使他妻子跟他离婚的情况下才能娶你。”

“你根本不清楚自己在说什么。”她叫道。

“你这个愚蠢的傻瓜。”

他的语气是那样轻蔑，气得她满脸通红，也许更因为以前听他嘴里说的都是甜蜜、奉承和令人愉快的话，她早已习惯了他对她百般屈从。

“如果你想知道真相，就告诉你，他正急着跟我结婚。多萝西·汤森很乐意跟他离婚，我们俩一旦自由，就立刻结婚。”

“这是他明确告诉你的，还是你从他的态度上得到的印象？”

沃尔特的眼睛里闪烁着辛辣的嘲讽，让凯蒂有些不安，她不太确定查理是否明确说过这样的话。

“他说了一遍又一遍。”

“这是谎话，你也知道这是谎话。”

“他全身心地爱我，他满怀激情爱着我，我也一样爱他。你现在都知道了，我什么都不会否认，为什么要否认呢？我们已经相好一年了，我很以此为傲。在这个世界上他对我来说意味着一切，我很高兴你终于知道了。我们烦透了偷偷摸摸、姑息妥协这类事情。我嫁给你是个错误，我悔不该这样做，当初我是个傻瓜。我从来没关心过你，我们之间从来没有任何共同之处。你喜欢的人让我讨厌，你感兴趣的事情让我觉得无聊，我很高兴这一切终于结束了。”

他看着她，既没做任何动作，脸上也没有任何表情。他专心听着，从他脸上丝毫看不出她的话对他产生了影响。

“你知道我为什么跟你结婚？”

“因为你想赶在你妹妹多丽丝之前结婚。”

这话不假，但他竟然了解这一点，她觉得既滑稽又惊讶。奇怪的是，即便眼下内心充满恐惧与愤怒，这仍激起了她的怜悯心。他微微笑了笑。

“我对你不抱什么幻想，”他说，“我知道你愚蠢、轻浮、没有头脑，但是我爱你。我知道你的目标和理想既庸俗又普通，但是我爱你。我知道你是二流货色，但是我爱你。想一想真是好笑，我竭力去喜欢那些讨你喜欢的东西，忍受折磨也要对你隐瞒起自己，实际上我并不无知粗俗、不爱散播丑闻也不愚蠢。我知道你何等害怕智慧，便尽我所能让你觉得我是个大傻瓜，跟你认识的其他人一样。我知道你嫁给我只图一时利益，我是那样爱你，我不在乎。大多数人，就我所知，当他们爱一个人，却没有得到爱的回报时就会觉得委屈不平，甚至愈发愤怒和痛苦。我不是那样，我从来没有指望你爱我，我看不出任何理由让你爱我，我也从来没想过自己会被人爱。我很感激能被允许爱你，当我时常想起你高兴跟我在一起，或者当我发现你眼中闪烁着愉快的爱意时，我就会欣喜若狂。我尽量不让我的爱来烦扰你，我知道那会让我承受不起，所以我一直察言观色，留意我的爱让你厌烦的最初迹象。大部分丈夫认为那是一种权力，我却准备当成恩惠来接受。”

凯蒂从小习惯了恭维奉承，以前从来没听人说过这样的话。她心头激起一股无名的愤怒，驱散了恐惧，这让她感到窒息，感到太阳穴上的血管膨胀起来，悸动不已。女人的虚荣心一旦受到伤害，报复的欲望胜过一头被夺去了幼崽的母狮。凯蒂的下巴本来就过于方正，现在极其难看地翘起来，美丽的眼中满怀恶意，但她仍控制着没有发作。

“如果一个男人不具备让女人爱他的必要条件，那是他的错，怪不得她。”

“这很明显。”

他的讥嘲语气加剧了她的恼火，她觉得自己保持平静就更能刺伤他。

“我没受过太好的教育，我也不特别聪明，只是个极其普通的年轻女子。我生长环境里的人喜欢什么我就喜欢什么，我喜欢跳舞、打网球、去剧院看剧，喜欢热衷运动的男人。的确，你和你喜欢的那些东西一直让我厌烦。这些对我毫无意义，我也不打算让它们有什么意义。你拖着我在威尼斯那些画廊里转个没完，我倒更喜欢在桑威治打高尔夫。”

“我知道。”

“很遗憾我没能成为你所希望的那种人。不幸的是我一直在生理上对你排斥，这一点你很难责怪我。”

“我不会的。”

假如他勃然动怒，大声咆哮，凯蒂就更容易应付当前的局面，她就能以暴制暴。他的自我克制超乎常人，让她比以往任何时候都更加恨他。

“我觉得你根本就不像一个男人，既然你知道我跟查理待在屋子里，那为什么不破门而入？你起码应该把他揍一顿吧。你害怕了吗？”

但她一说完这话，脸就红了起来，感到羞愧难当。他没有回答，但她看出他眼里带着冰冷的轻蔑，嘴角闪过一丝微笑。

“这可能是因为，我像某位历史人物那样，因为高傲而不屑于动武 。”

凯蒂想不出什么话来回答，耸了耸肩膀。有那么一会儿，他又将她牢牢控制在他那静止的凝视中。

“我想说的话都已经说过了，如果你拒绝去湄潭府，我就去撤销申请。”

“你为什么不同意我跟你离婚？”

他的眼睛终于从她身上移开。他靠在椅子上，点燃一支烟，直到吸完也没说一句话。然后，他扔掉烟头，微微一笑，再次看着她。

“假如汤森太太向我保证她会跟她丈夫离婚，假如他给我一份书面承诺，保证在两份判决生效的一个星期内娶你，我就答应你。”

他说话的姿态里有某种东西让她感到不安，但她的自尊迫使她大大方方接受了他的提议。

“你真是慷慨大度，沃尔特。”

让她吃惊的是他突然放声大笑起来，她气得涨红了脸。

“你笑什么？我看不出有什么可笑的。”

“请你原谅，恐怕是我的幽默感有点儿特殊。”

她皱紧眉头看着他，很想说上几句挖苦伤人的话，但却想不出什么来反唇相讥。他看了看手表。

“要是你想趁汤森在办公室的时候找他，最好抓紧时间。如果你决定跟我一道去湄潭府，后天就必须动身。”

“你想让我今天就告诉他？”

“常言道，机不可失，时不再来。”

她的心跳开始加快。她有种感觉，不是不安，她也说不上到底是什么。她希望时间再长一点儿，好让查理做好准备。不过她对他抱有最充分的信任，他爱她，就像她爱他那样，他不会不欣然接受那些他们必须做的事情，对此哪怕有一丝怀疑的念头，她都觉得是一种背叛。她沉着脸转向沃尔特。

“我认为你根本不知道什么是爱情。你丝毫不了解查理和我彼此间的爱多么义无反顾。这才是唯一要紧的，假如我们的爱情需要，任何牺牲都算不了什么。”

他朝她微微躬了一下身子，但什么也没有说，目送她迈着从容的步子走出房间。

24

凯蒂把一张便条送进查理的办公室，上面写道："请见我，有急事。"一个中国男孩让她等着，随后答复说汤森先生在五分钟后见她。她莫名其妙紧张起来。最后被引进房间时，查理上前与她握手，但那男孩一出去，关上房门只留下他们两个人时，他便马上换掉了那种和蔼可亲、彬彬有礼的做派。

"我说，亲爱的，你真不该在上班的时候来这儿。我手头有一大堆事情要做，我们也不能让人抓住把柄。"

她用那双漂亮的眼睛看了他好一会儿，想要笑一笑，但她的嘴唇僵硬，笑不出来。

"若不是万不得已，我是不会来这儿的。"

他笑了笑，拉起她的胳膊。

"好吧，既然来了，就到这边坐吧。"

这间屋子空荡荡的，很窄，天花板很高，墙壁漆成两种不同的赤土色。仅有的陈设包括一张大办公桌、一张汤森的转椅和客人坐的皮扶手椅。凯蒂战战兢兢地坐了下去，而他在办公桌前坐下。她以前从没见过他戴眼镜——她不知道他还戴眼镜。注意到她盯着这副眼镜，他便摘了下来。

"我只在读东西的时候戴。"他说。

她的眼泪说来就来，眼下，几乎弄不清原因，她竟开始哭了起来。

她不是有意假装，而是出于本能的欲望，想激起他的同情。他面无表情地看着她。

“出了什么事？哦，我亲爱的，不要哭。”

她掏出手帕，试图止住抽泣。他按了一下铃，等男孩来到门口时走了过去。

“要是有人找我就说我出去了。”

“好的，先生。”

男孩关上门。查理坐在椅子的扶手上，伸出胳膊搂住凯蒂的肩膀。

“好了，我亲爱的凯蒂，告诉我出了什么事。”

“沃尔特想要离婚。”她说。

她感到压在肩膀上的胳膊松弛下来，他的身体变得僵硬。沉默了片刻后，汤森从她的椅子上站起身，坐回自己的椅子上。

“到底是什么意思？”他说。

他的声音有些沙哑，她马上瞥了他一眼，看出他的脸色暗淡发红。

“我跟他谈过了。我是直接从家里来这儿的，他说他掌握了所有想要的证据。”

“你没有把自己供出去，对吧？你什么都没承认对吗？”

她的心往下一沉。

“没有。”她答道。

“你肯定吗？”他问，眼睛紧盯着她。

“相当肯定。”她又撒谎说。

他靠在椅子上，茫然地望着对面墙上挂着的中国地图。她焦急地看着他，他听到消息后的表现让她有点六神无主，她本来期望他会把她揽在怀里，跟她说他很感激，因为现在他们可以永远厮守在一起了，但男人就是这样古怪难猜。她轻声哭泣着，现在不是为了唤起同情，而因为哭泣是再自然不过的事情。

“我们算是惹出大乱子了，”他最后说道，“但我们不能失去理智，那样一点儿好处也没有。再哭下去也毫无用处，这你明白。”

她注意到他声音有些恼火，便擦干了眼泪。

“这怪不得我，查理，我也是没办法啊。”

“你当然没办法了，只怪我们该死的霉运。这事儿不能只怪你，也得怪我。现在要做的就是想想该怎么摆脱出来，我想你也跟我一样，根本不打算离婚吧？”

她倒吸了一口气，用探询的目光看着他。他根本没想她的事。

“我不知道他到底拿到了什么证据，我不知道他怎么能证明我们一起待在那个房间里，总体而言我们已经够小心的了。我敢保证古董店的那个老家伙不会出卖我们，就算他亲眼看见我们去那儿，也没有理由认为我们不该在一起掏弄古董。”

他更像是在自言自语，而不是在跟她说话。

“提出指控并不难，但要拿出证据证明就没那么容易了，无论哪个律师都会跟你这么说。我们的策略是否认一切，如果他威胁说要打官司，我们就跟他说见他的鬼，我们豁出去了。”

“我可不上法庭，查理。”

“为什么不上？恐怕你不得不上。上帝知道，我不想闹得满城风雨，但我们不能躺倒认输。”

“我们干吗非要辩解呢？”

“这种问题你也问得出来？毕竟这不仅仅关系到你一个人，还牵扯到我，但事实上我认为你不必担惊受怕。我们应该能想个办法收买你的丈夫，唯一让我发愁的是怎么找个最好的途径入手。”

他似乎突然有了个好主意——他转过来对她迷人地微笑着，片刻前还是那么生硬务实的语气变得讨好起来。

“恐怕你心烦得要命，可怜的小女人，这太糟糕了。”他握住她的手，“我们落入了困境，但我们会摆脱它的。这不是……”他停了下来，凯蒂怀疑他想说这不是他第一次摆脱困境了，“最重要的是保持我们的头脑冷静，你知道我永远不会让你失望。”

“我不害怕，他要做什么我都不在乎。”

他仍然微笑着，不过那笑似乎有些勉强。

“万一出现了最坏的情况，我就得向总督汇报了。他会把我骂得狗血喷头，但他这个人心眼好，久经世故。他会想办法平息这件事，发生这种丑闻对他来说也不是件好事。”

“他能怎么做呢？”凯蒂问道。

“可以向沃尔特施加压力，如果不能利用他的野心加以笼络，就会拿他的责任感压服他。”

凯蒂有些沮丧，她好像没能让查理看清形势的严重性，他那轻飘飘的态度让她烦躁不安。她悔不该来他的办公室见他，周遭的一切都让她胆怯。要是待在他的怀抱里，用手搂着他的脖子，就能很容易把想说的话说出来了。

“你不了解沃尔特。”她说。

“我知道每个人都有他的价码。”

她一心爱着查理，但他的回答让她惊惶不安，如此聪明的人不该说出这种愚蠢的话。

“我觉得你还没意识到沃尔特有多气愤，你没见识到他的脸色，还有那种眼神。”

他一时没有回答，但满眼含笑看着她。她知道他在想什么。沃尔特是个细菌学家，处在一种从属地位，他不敢轻易冒犯殖民地的上层官员，惹他们讨厌。

“欺骗自己没有任何好处，查理，”她郑重其事地说，“如果沃尔特打定主意提起诉讼，无论你还是别人说什么，都不会对他产生丝毫影响。”

他的脸色再次变得凝重、阴沉。

“他是想让我成为通奸指控的共同被告吗？”

“一开始是的，最后我设法让他同意跟我离婚。”

“哦，好，那还不是太糟糕。”他的态度又放松了，她看见他眼里的紧张舒缓下来，“我看这是条很好的摆脱困境的出路，毕竟，一个男人至少该做到这一点，这是唯一体面的做法。”

“但他提了条件。”

他向她投去探寻的一瞥，似乎心里在想什么。

“当然我不算很富有，但只要能办到，什么事情我都答应。”

凯蒂沉默了。查理嘴里说的是她从未料到他会说出来的话，这些话让她无法开口。她原本指望把心里的话一口气倾倒出来，让他万般爱意地把自己搂在怀里，再把发烫的面颊贴近他的胸膛。

“他同意跟我离婚，只要你的妻子向他保证也会跟你离婚。”

“还有别的吗？”

凯蒂感到难以启齿。

“还有——这话真是太难说出口了，查理，听起来很可怕——如果你保证在两份判决生效的一个星期内跟我结婚。”

25

他沉默了片刻，然后，他又拉起她的手，轻轻揉搓着。

“你知道，亲爱的，”他说，“无论发生什么事情，我们也不能让多萝西掺和进来。”

她呆呆地看着他。

“但我不明白，这怎么做得到呢？”

“这么说吧，人生在世，我们不能只考虑自己。你知道，在其他条件都相同的情况下，这世界上我最想做的事情就是跟你结婚，但这是完全不可能的。我了解多萝西，没有任何办法能促使她跟我离婚。”

凯蒂万般惊恐，又哭了起来。他站起身，在她身旁坐下，搂着她的腰。

“别再折磨自己了，亲爱的。我们得保持冷静。”

“我还以为你爱我……”

“我当然爱你，”他体贴地说，“你现在千万不能有任何怀疑。”

“如果她不跟你离婚，沃尔特就会让你成为共同被告。”

他颇费了一点儿时间才做回答，说话的语气干巴巴的。

“当然这会毁了我的事业，但恐怕对你也不会有什么好处。要是到了山穷水尽的地步，我就得对多萝西和盘托出。她会深受打击，痛苦不堪，但她会原谅我的。”他有了个主意，“说不定一股脑儿和盘托出还真是最好的办法，要是她去找你丈夫的话，我相信她能说服他管住自己的舌头。”

“这是不是说你不想和她离婚？”

“你看，我得为我的几个孩子着想，是不是？再说，我也不想让她不开心。我们一直相处得很好，对我来说她是位非常好的妻子，你知道吧。”

“那你为什么跟我说，她在你眼里一文不值呢？”

“我可从来没说过，只说我跟她没有爱情。我们好多年都不在一起睡了，除了偶尔几次，比如圣诞节那天，或者她临回娘家的前一天，还有她回来的那天。她不是喜欢做这类事情的女人，但我们一直是非常好的朋友。我可以这样告诉你，我依赖她的程度超过任何人的想象。”

“那你不觉得当初别来找我不是更好吗？”

她觉得奇怪，都已经喘不上气了，竟能够如此冷静地说出这句话。

“你是我多年来见过最可爱的小东西，我疯狂地爱上了你，这不能怪我。”

“但毕竟你说过永远不会让我失望。”

“我的天哪，我也没打算让你失望呀。我们陷入了倒霉的困境，我要尽最大努力把你从里面解脱出来。”

“除了那件显而易见、再自然不过的事情。”

他站起来，回到自己的椅子上。

“亲爱的，你可得讲点儿道理，我们最好坦然面对眼前的形势。我不想伤害你的感情，但我必须跟你讲明实情。我很热衷于我的职业，没有任何理由说我不会哪一天当上殖民地总督，这职位绝对是份该死的美差。除非我们把这事儿隐瞒下去，否则我一丁点儿的机会也没有。我可能不至于离职，但身上永远背着一个污点。如果我不得不离职的话，我就只能在中国这块人头熟的地方做生意。无论是哪种情况，都必须有多萝西守着我、支持我才行。”

“那你就非得说这世界上除了我，你什么都不想要吗？”

他的嘴角乖戾地耷拉下来。

“哦，亲爱的，一个男人爱上你时说的话，你是很难去死抠字眼的。”

“那么你并没有当真？”

“当时是当真的。”

“要是沃尔特跟我离婚的话，我该怎么办？”

“假如我们的话真的站不住脚，当然也就不用辩解了。应该不会引起公众的注意，现在人们都变得很宽容。”

凯蒂头一次想到了她的母亲。她浑身哆嗦了一下，又看了看汤森，她的痛苦现在又加上了一丝怨恨。

“我相信让你来承担我要遭受的那些麻烦，你不会觉得有什么困难。”她说。

“单靠互相说这种不友善的话，我们是不会有多大进展的。”他回答。

她绝望地喊叫了一声。可怕的是她会这般一往情深地爱他，却又对他那样怨恨，他不可能理解他对她有多么重要。

“哦，查理，你不知道我有多爱你吗？”

“当然，我亲爱的，我爱你。只是我们不是生活在荒岛上，我们必须努力应付遭遇的各种境况。你的确应该理智一点儿。”

“我怎么理智得了？对我来说我们的爱情就是一切，你就是我的整个生命。可对你来说这不过是个小插曲，认识到这一点太让人心寒了。”

“这当然不是什么小插曲了。但你知道，你要让我去跟那位我相当信赖的妻子离婚，然后跟你结婚，继而毁了我的事业，你要的也太多了。”

“跟我愿意为你做的事情相比，一点儿也不多。”

“情况是相当不同的。”

“唯一不同的是你不爱我。”

“一个男人可能很爱一个女人，但并不希望跟她一道度过余生。”

她迅速瞥了他一眼，一阵绝望攫住了她，大滴的泪珠从她脸上滚落下来。

“哦，太残酷了！你怎么能这么狠心？”

她歇斯底里地抽泣着。他不安地朝门口那边看了一眼。

“我亲爱的，快克制一下自己。”

“你不知道我有多爱你，”她喘着气说，“没有你我就活不下去，你一点儿都不可怜我？”

她再也说不出一句话，毫无顾忌地哭了起来。

“我并不想刻薄无情，上帝知道我不想伤害你的感情，但我必须跟你说实话。”

“把我这辈子全毁了，你干吗来缠上我？我做过哪样伤害你的事了？”

“如果把所有责任推到我身上能让你好受点，那就随便吧。”

凯蒂立时勃然大怒。

“是我向你投怀送抱了？是我巴结乞求，不答应的话就让你不得安生了？”

“我没这么说。但如果你当初没那样清楚地表示出你准备好了让人爱你，我是绝不会想到要跟你做爱的。”

哦，真是太丢脸了！她知道他说的都是实情。现在他面色阴沉，闷闷不乐，两手不安地乱动，时不时朝她恼怒地瞥上一眼。

“你丈夫不会原谅你吗？”过了一会儿他说。

“我从来没问过他。”

他本能地两手握成拳头，她看出他烦躁得就要喊叫起来，到了嘴边又压了下去。

“你为什么不去找他，求得他的宽恕呢？如果他真像你说的那样深爱着你，就一定会原谅你的。”

“你真是太不了解他了！”

26

她擦干了眼泪，尽量让自己镇静下来。

“查理，你要是抛弃了我，我会死的。”

她现在只有博取他的同情了。她本该立刻就告诉他，一旦他知道了她所面临的可怕选择，他的慷慨大度，他的正义感，他的男子气概就会被猛烈地激发出来，就会只想着她的危险。哦，她是何等渴望他那亲切的胳膊搂着她、保护她啊！

“沃尔特想让我去湄潭府。”

“哦，但那正是闹霍乱的地方，他们正在遭受五十年来最严重的疫情。那可不是女人该去的地方，你绝不能去那儿。”

“如果你丢下我不管，我就不得不去了。”

“你是什么意思？我不明白。”

“沃尔特要去接替一个死去的传教士医生，他希望我和他一起去。”

“什么时候？”

“现在，马上。”

汤森往后推了推椅子，用疑惑的眼神看着她。

“可能是我脑子太笨，但我怎么觉得你的话有点儿前言不搭后语？如果他想让你去那个地方，那离婚又是怎么回事？”

“他让我做出选择，要么我去湄潭府，要么他就提起诉讼。”

“哦，原来如此。”汤森的语气稍稍有了一点变化，“我认为他倒是相当正派，你觉得呢？”

“正派？”

“嗯，他去那儿绝对是一种豁达大度之举，这我连想都不敢想。当然了，他回来后肯定会为此获得一枚圣乔治勋章。”

“可我呢，查理？”她痛苦地叫了起来。

“嗯，我想如果他要你去，在这种情况下，我看不出你有什么很好的理由拒绝。”

“那就意味着死亡，绝对必死无疑。”

“噢，见鬼，你讲得太夸张了。如果他这么想的话就不太可能带你去，你的风险不会比他更大，事实上如果你们加点儿小心，就不会有什么危险。我来之后这里也闹过霍乱，不也没伤到一根毫毛吗？要紧的是任何没弄熟的东西都不要吃，包括生水果或沙拉之类，留意喝的水一定要烧开。”说着说着，他渐渐有了信心，话语也流利起来，不再阴气沉沉，活跃得甚至于有些轻松愉快了。“毕竟这是他的工作，对吧？他对病菌感兴趣。仔细想想，这对他来说还是个好机会呢。”

“可我呢，查理？”她又重复了一遍，声音里已不再是痛苦，而是惊愕。

“你看，要想了解一个男人，最好的办法是设身处地以他的角度看问题。在他看来你是个相当不守规矩的小东西，他希望把你带离有危害的环境。我一直认为他绝不打算跟你离婚，凭他给我的印象他不该是那种人。他给出了一个自认为慷慨大度的提议，而你却断然拒绝了，让他十分气愤。我不想责怪你，但为了我们大家好，我认为你应该考虑考虑。”

“可你不明白这样会杀了我吗？难道你看不出他带我去那儿是因为他明知道这样会杀了我？”

“哦，我亲爱的，别说这种话，我们目前的处境够难堪的了，没工夫玩这种感情戏。”

“你拿定主意就是不想理解这些。”哦，谁在乎她心里的痛苦，她心里的恐惧！她差点儿叫喊起来。“你不能就这样让我去送死。就算你不爱我也不怜惜我，可你总该有正常人的感情吧？”

“我觉得这样说实在太刻薄了。就我的理解，你丈夫表现得相当宽宏大量。只要你给他机会，他愿意原谅你，希望把你带走。这个机会能带你到某个地方待上几个月，远离伤害你的环境。我不会违心说湄潭府是什么疗养胜地，我看中国没有任何城市称得上疗养地。但是，也没必要听风就是雨，其实那种做法是最糟糕的。我相信，一场瘟疫下来，纯粹死于惊吓的人不比受感染而死的人少。”

“但我现在就很害怕，沃尔特说出口时我差点晕过去。”

“我完全理解。一开始的确是个冲击，但是等到你静下心来再看，你就什么都不觉得了，这种体验不是每个人都能经历的。”

“我本想，我本想……”

她的身子痛苦地前后摇晃着。他没有说话，脸上又出现了那种阴沉的表情，这是她以前从未见到过的。凯蒂现在已经不哭了，她眼里不再有泪水，整个人变得平静。尽管她的声音很低，但十分坚定。

“你真忍心让我去？”

“没有选择的余地，不是吗？”

“真的吗？”

“为了公平起见还是告诉你，如果你的丈夫提起离婚诉讼并打赢了官司，我也不可能跟你结婚。”

好像过了一个世纪，凯蒂才开口回答，她慢慢站起身来。

“我觉得我丈夫从来没想过要提起诉讼。”

“看在上帝份儿上，那你为什么非要吓得我神不守舍？”他问。

她冷冷地看着他。

“他知道你会让我失望。”

她沉默了。隐约中，就像刚学一门外语时读文章，一开始你什么都看不明白，然后某个单词或句子给了你一点线索，突然间，细微的理解之光闪过你杂乱无绪的大脑。她隐约明白沃尔特的心里到底是如何盘算的了，就像一片黑暗而不祥的景象被一道闪电照亮，马上又隐入黑夜之中，所见的一切让她打了一个寒颤。

“他做出这一威胁，是因为他知道这样会把你击垮，查理。真是奇怪，他竟然把你看得这么准。让我直面如此残酷的幻灭，这恰恰是他的作风。”

查理低头看着眼前的吸墨水纸，眉头微皱，嘴唇紧绷，什么也没有回答。

“他知道你虚荣、懦弱、自私自利，他想让我亲眼看到这一切。他知道你会像野兔一样，危险一来就跑得远远的。他知道我深受蒙骗才会认为你爱上了我，因为他知道你不会爱任何人，只爱你自己。他知道你会牺牲我，好让自己毫发无损地逃脱出去。”

“假如对我恶语相加能让你获得满足，我觉得我也无权抱怨。女人从来没有公正可言，她们通常都设法把过错推到男人身上，但是对方也有话要说。”

她对这番辩解不予理会。

“现在我已经看清他所知道的一切。我知道你既冷酷又无情，我知道你自私，自私得难以言表。我也知道你胆小如鼠，我知道你说谎成性，善于欺骗。我知道你极其卑劣，为人不齿。但悲惨的是……”她的脸突然因极度的痛苦扭曲起来，“悲惨的是我仍然全身心地爱你。”

“凯蒂。”

她苦涩地笑了一声。他用那动人而饱满的声音说出她的名字，这声音来得那么自然，其中的意味却那么不值一提。

“你这个笨蛋。”她说。

他很快往后退了一步，气得脸腾地红了，他弄不明白她了。她看了看他，眼睛里闪过一丝快意。

“你开始讨厌我了，是吗？好呀，那就讨厌吧，现在对我来说反正都一样了。”

她戴上手套。

“你打算怎么做？”他问。

“哦，别害怕，伤害不到你的。你相当安全。”

“看在上帝的份上，别用这种腔调说话，凯蒂，”说这话时，他低沉的声音里充满焦虑，“你得明白关乎你的一切也同样关乎我，我会非常担心，非得知道将要发生什么。你准备怎么跟你丈夫说？”

“我要告诉他我准备跟他一道去湄潭府。”

“也许等你同意了，他反倒不强求了。”

他实在弄不清说这话时，她为什么用那样奇怪的眼神看着自己。

“你是不是真的吓坏了？”他问她。

“没有。”她说，“你鼓舞了我的勇气。去霍乱疫区应该是种独特的经历，如果我死在那儿——唉，我就死吧。”

“我是想尽我所能善待你的。”

她看着他，眼泪再次涌上眼眶，心中千头万绪。那种想要扑到他怀中、使劲亲吻他嘴唇的冲动几乎无法抗拒，但这无济于事。

“如果你想知道，”她说，极力让声音保持平稳，“我是心里带着死亡和恐惧走的。我不知道沃尔特那黑暗、扭曲的心里打着什么主意，但我的确吓得浑身发抖。也许死亡真是一种解脱。”

她觉得再待下去就控制不住自己了，于是快步朝门口走去，不等他从椅子上站起身便出了门。汤森长长地舒了一口气，他得赶紧来一杯白兰地加苏打水。

27

她到家时沃尔特已经回来了。她本想直接回房间，但他正待在楼下，向门厅里的男仆吩咐着什么。她心情沮丧至极，不再害怕承受羞辱，停下来面对着他。

“我跟你去那个地方。”她说。

“噢，好啊。”

“你想让我什么时候准备好？”

“明天晚上。”

他的冷漠就像一根长矛刺痛了她，使她从不知哪儿鼓起一股虚张声势的勇气，随后说出的话连自己也吃了一惊。

“我想只带几件夏天的衣服，外加一块裹尸布就够了，对吧？”

她盯着他的脸，看出她的刻薄话激怒了他。

“我已经告诉阿妈你需要带什么了。”

她点点头，便上楼回了房间。她非常虚弱。

28

终于接近了此行的目的地。他们被人抬在轿子上，日复一日地沿着无尽的稻田之间狭窄的田埂前行。他们清晨便动身，直到正午酷热难挡，才在路边的客栈暂避片刻，随后又继续赶路，一直抵达他们预先安排过夜的小镇。凯蒂的轿子在行列的最前头，沃尔特跟在后面，然后是稀稀落落的一队苦力，担着他们的被褥、备用品和器材设备。凯蒂对途经的乡野视而不见。漫长的旅途中，只有哪个轿夫偶尔说上一句，或断断续续哼唱的村野小调来打破沉默，而她则翻来覆去地回想着查理办公室中那揪心一幕的每个细节。她痛苦地回忆着他对她说了什么，她又回答了什么，绝望地发现他们之间的谈话变得何等乏味，何等无情而务实。她没有说出本想说的话，也没有用她打算好的语气。要是她能让他明白她那无限的爱，她满心的激情，她的无助，他就绝不会那样毫无人性，由她听任命运的摆布。一切都让她措手不及。当他告诉她——虽然没有直说，但意思再明白不过——他根本不在乎她时，她简直不敢相信自己的耳朵。就因为这个，那时她才没怎么哭，而是被吓昏了头。随后她才哭起来，哭得伤心欲绝。

晚上在客栈里，跟丈夫同住一间上等客房，她意识到几英尺外躺在行军床上的沃尔特并没有睡着，便用牙咬住枕头，不让自己发出任何声音。可到了白天，轿上有帘子挡着，她就任由自己发泄。

那份痛苦是如此强烈，真想放开嗓门大喊大叫。她从来没想过一个人会经受这么大的磨难，拼命自问究竟做了什么才遭此报应。她弄不明白为什么查理不爱她，这也许是她的错，但她所做的一切都是为了讨得他的欢心。他们相处得那么融洽，在一起时不停地说笑，他们不仅是情人，还是好朋友。她无法理解这一切，她彻底崩溃了。她告诉自己她憎恨他、鄙视他，却不知道如果再也无法见到他，她该怎么活下去。如果沃尔特是出于惩罚才带她到湄潭府，那他就是在自我愚弄，难道现在她还在乎自己以后怎么样么？她已经失去所有活下去的意义，二十七岁便了结此生的确有些残酷。

29

在载着他们上溯西江的汽船上，沃尔特不停地读书，只在吃饭时才尽力就某个话题聊上一会儿。他说话时仿佛她是一个碰巧同行的陌生人，聊些无关紧要的事。凯蒂觉得这是出于礼貌，要不就是强调他们之间隔着一条鸿沟。

她脑中回想起自己告诉过查理，沃尔特让她去他那儿以离婚相威胁，否则她就要陪他去那座疫病肆虐的城市，就是为了让她能亲眼看看他是多么冷漠、懦弱和自私。这是真的，这一招太符合他讽刺而幽默的个性了。他知道接下来会发生什么，在她回家之前就向阿妈做了必要的吩咐。从他眼里，她捕捉到一丝鄙视，似乎不单单对她，还包括她的情人。或许他在对自己说，如果处在汤森位置上的是他，天底下没有任何东西能阻碍他做出牺牲，来满足她哪怕最微不足道的古怪念头，并且她知道这是真的。但后来，她的眼睛已经睁开，他怎么可以还让她做这种危险的事情，让她现在如此胆战心惊？起初她以为他只是在耍把戏，直到他们真正启程，不，还要晚些，直到他们离开江边，坐上轿子开始穿越乡间的旅程，她仍以为他会轻笑一声，告诉她不用去了。她一点儿也猜不透他脑子里在想什么，他不可能真的希望她死，他曾是那样不顾一切地爱着她。现在她知道了爱是什么，记起了他爱她的千百种迹象。对他来说，套用一句法国俗语，她的确“一朝烟雨一朝晴”。他不可能不再爱她，你会因为受了残酷的对待就不再爱一个人吗？她并没让他遭受查理让她受的那种苦，而且，尽管发生了这一切，甚至她也认识到他的本来面目，但只要查理略作暗示，她还是会放弃世上的一切飞向他的怀抱。即使他牺牲了她，一点儿都不在乎她，即使他既无情又冷酷，她就是爱他。

起初她以为只要耐心等待，早晚沃尔特会原谅她。她过于自信对他的操控力，根本没想到这力量早已一去不返。大水难熄爱情之火 。如果他爱她，他就会软弱，她觉得他必定爱她，但现在她没那么有把握了。傍晚时分他坐在客栈的黑檀木直背椅子上读书，马灯的光线照在他的脸上，让她得以自如地打量他。她躺在随后就要铺成床的那块草垫子上，躲在阴影里。他平直规整的五官轮廓让那张脸显得十分严肃——你很难相信它会在某一时刻被甜蜜的微笑所改变。他能一直安静地读下去，仿佛她在千里之外；她看见他翻动书页，看见他的眼睛在字行间有规律地移动，他没在想她。然后，餐桌摆好，晚餐送了上来，他把书本放在一边，朝她看了一眼（他没意识到在灯光的映照下，他的表情格外醒目），她吃惊地发现在他眼里有一种肉体上的厌恶。是的，这让她大为惊愕。难道他的爱真的彻底消失了？难道他真的设下巧计要害死她？这太荒谬了，是疯子的行为。真奇怪，她猛然想到，或许沃尔特神智并不完全正常，一阵颤抖传遍她全身。

30

突然间，一直沉默的轿夫们开口了，其中一个转过身，说了几句她听不懂的话，又做了个手势以引起她的注意。她朝他手指的方向望去，看见山顶上有一座牌楼——现在她知道这种纪念物意在颂扬某个幸运的学者或贞洁的寡妇。自从他们离开河道后她遇见过不少这样的牌楼——但这一座映衬在西沉的阳光中，呈现出一种梦幻般的美，胜过她所见过的任何一座。然而，不知为什么，这让她感到不安。它具有某种无法言喻的特殊暗示。是让她隐约可辨的威胁，还是讽刺？她穿过一片竹林，一根根竹子怪模怪样地朝田埂弯下来，好似要留住她。尽管夏天的傍晚平静无风，那细长的绿叶却在微微抖动。这让她惊恐地联想到，有人藏身竹林之中，正注视着她从这里走过。现在他们来到了山脚下，稻田到此为止。轿夫们摇摇摆摆迈着大步上山。山上遍布着绿色的小土丘，一个个互相挨得很近，地面形成的棱纹就像退潮后的沙滩。她知道这是什么，因为每当接近一座人口稠密的城市以及离开城市以后，她都会经过一块这样的地方。这是坟地。现在她明白为什么轿夫们让她注意山上立着的牌楼了，他们抵达了旅程的终点。

他们穿过牌楼，轿夫们停下来把竹竿从一侧肩膀换到另一侧，其中一个用一块脏抹布擦了擦汗涔涔的脸。小道蜿蜒向下，两侧是一座座残破的房子。夜幕正在徐徐降临。突然之间，轿夫们开始兴奋地说起话来，她感到猛地颠簸一下，见他们尽可能紧贴墙壁站成一溜。她马上就明白是什么吓到了他们，因为正当他们站在那儿叽喳议论时，四个农民走了过去，既快又安静，抬着一口新的棺材，没有上漆，崭新的木料在将临的黑暗中闪着白光。惊恐之中，凯蒂感到她的心脏一下下撞击着胸骨。棺材过去了，但挑夫们全都站着不动，好像拿不出决心继续往前走，直到后方有人喊了一声，这才开始挪动步子。现在他们一个个都不说话了。

又走了几分钟，队伍一下子拐进一扇敞开的大门。轿子落地，她已经到达目的地。

31

这是一座平房，她走进客厅，坐下来。苦力们一个接着一个把行李搬进来，沃尔特在院子里吩咐着把哪些东西放在什么地方。疲惫的她突然听到一个陌生的声音，猛地一惊。

“我可以进来吗？”

她脸一红，随即又变得苍白。她已过度劳累，见到陌生人都会让她紧张不安。一个男人从暗处走了出来，低矮狭长的房间里只有一盏带罩子的灯。他伸出手来。

“我叫沃丁顿，是这儿的副关长。”

“哦，是海关。我知道，我听说过你在这儿。”

在昏暗的灯光下，她只看见一个瘦小的男人，个子不比她高，秃头，一张小脸膛刮得很干净。

“我就住在山下，但你们走来的这条路没法见到我的房子。我想你们一定累了，去不了我那儿用餐，所以给你们在这儿订了晚餐，顺便把自己也邀请上了。”

“听你这么说，我很高兴。”

“你会发现厨师手艺还不错。我把沃森的仆人留给你们。”

“沃森就是这儿的传教士吗？”

“是的，那家伙人很好。如果你愿意的话，明天我带你去看看他的坟墓。”

“你心肠真好。”凯蒂笑着说。

就在这时沃尔特走了进来，沃丁顿在进来跟凯蒂见面之前已经向他做过自我介绍。

“我正告知你太太，要跟你们一道用餐。自从沃森去世后我一直找不到人好好聊聊天，也就是那几个修女，但我那点儿法语实在不够发挥。再说，你跟她们只能谈论有限的话题。”

“我吩咐了仆人送些喝的来。”沃尔特说。

仆人端来威士忌和苏打水。凯蒂发现沃丁顿大大方方自斟自饮起来。他说话的态度和动不动就嘿嘿笑的样子让她觉得，他进来的时候已经不太清醒。

“祝走运。”他说，然后转向沃尔特，“这儿有一大堆麻烦事儿等着你呢。他们像苍蝇一样成批死去，地方长官早已焦头烂额，驻军指挥官俞上校忙得不可开交，以防发生抢劫。要是不立刻采取点儿措施的话，我们统统都得让人杀死在自己床上。我劝那些修女离开，但她们当然不肯走。一个个都想当烈士，见她们的鬼。”

他轻松地说着，嗓音里夹杂着一种古怪的笑声，让人不得不带着微笑听下去。

“你为什么不走呢？”沃尔特问道。

“咳，我的人已经损失了一半，剩下的那些随时都会躺倒死去。总得有人留在这儿维持局面吧。”

“你们都打疫苗了吗？”

“打了，沃森给我打的。也给自己打了，到头来没起任何作用，这个可怜的家伙。”他转向凯蒂，那张有趣的小脸快活地皱起来，“只要你采取适当的防范措施，我不觉得会有多大风险。把牛奶和水都煮沸，不要吃新鲜水果或未经烹调的蔬菜。你们带留声机唱片了吗？”

“没有，我想我们没带。”凯蒂说。

“那太遗憾了，我还指望你们能带点儿过来。我很长时间都没听新唱片了，那些旧的都听烦了。”

男仆进来问他们是否可以开饭。

“你们今晚就别换衣服了吧？”沃丁顿说，“我的仆人上周死了，现在的那个笨得要命，所以我晚上也不换衣服了。”

“我去摘了帽子。”凯蒂说。

她的房间在他们说话这间屋子的隔壁，里头几乎没什么家具。一盏灯旁，一个阿妈跪在地板上，正在为凯蒂拆解行李。

32

餐厅很小，大半地方被一张硕大的桌子占据，墙上挂着描绘圣经场景的版画和相应的文字说明。

“传教士的餐桌都很大。”沃丁顿解释道，“他们每多一个孩子，都能多拿些年薪，所以在结婚时就买下大餐桌，以便有足够的地方容下那些小客人。”

天花板上挂着一盏大大的煤油灯，让凯蒂更能看清沃丁顿到底是个什么模样。他的秃头让她误以为他已不再年轻，但现在她看出他应该还不到四十岁。又高又圆的额头下面，那张小小的脸孔没有皱纹，肤色鲜嫩。这张脸丑得像只猴子，但这种丑陋并非毫无魅力，不如说十分有趣。他的鼻子和嘴巴比小孩子的大不了多少，还有那双小小的、明亮的蓝眼睛。他的眉毛平滑整齐，却很稀疏，整张脸看起来像一个滑稽的老小孩。他不停地给自己斟酒，随着晚餐的进行，他明显越发不清醒了。但就算他喝醉了也不让人讨厌，反倒快快乐乐，活像从沉睡的牧羊人那里偷走酒囊的森林之神萨梯。

他说起了香港，在那儿他有许多朋友，很想知道他们的近况。一年前他去那儿参加过赛马，便又聊起小马和那些马的主人。

“顺便问一句，汤森怎么样了？”他突然问道，“他会当上殖民地辅政司吗？”

凯蒂觉得自己脸红了，但她的丈夫并没去看她。

“这我丝毫不怀疑。”他回答。

“他是那种专心仕途的人。”

“你认识他吗？”沃尔特问。

“认识。我很了解他，我们曾在国内结伴旅行过。”

他们听到河对岸传来一阵锣声和噼噼啪啪的鞭炮声。在那边，离他们很近的地方，一座大城正深陷恐怖。死亡既突然又无情，在一条条曲折的街巷上匆匆穿过。但沃丁顿又开始说起伦敦来，谈到了各家剧院。他知道眼下正在上演的所有剧目，说他最后一次回国休假都看了哪些戏，哈哈大笑着回忆起某一位粗俗喜剧演员的幽默表演，继而又叹息连连地想起另一位音乐喜剧明星的美貌。他洋洋得意地夸口说他的某个表亲娶了一位最了不起的名人，他曾与他们共进午餐，人家还把照片送给他。等下次去海关那儿跟他用餐时，他一定会拿给他们看。

沃尔特用冷淡而略带嘲讽的目光看着他的客人，不过显然也被逗得很开心。他尽量礼貌地表示对这些话题感兴趣，但凯蒂心里清楚他毫不关心。一丝淡淡的微笑停留在他的嘴角上，令凯蒂心里莫名充满了惧怕。待在那个死去的传教士的房子里，对面就是灾难肆虐的城市，他们好像远远离开了这个世界。三头孤独的动物，彼此的陌生人。

晚餐结束了，她从桌边站起来。

“如果我这就道声晚安，你们不介意吧？我要去睡觉了。”

“我该离开了，我想医生也要去睡觉了。”沃丁顿回答说，“明天一大早我们就要出门。”

跟凯蒂握手时，他站得还算稳当，但小眼睛比之前更亮了。

“我会过来接你，”他告诉沃尔特，“先带你去见地方长官和俞上校，然后我们一道去修道院。我敢保证事情够你忙活的。”

33

这一晚她被各种奇怪的梦折磨着。她好像被人抬进轿子里，轿夫们迈着不太稳当的大步，令轿身前后摇晃。她进入一座座城镇，广袤而又朦胧，人群挤在她的周围，一个个带着好奇的目光。街巷狭窄曲折，开着门的店铺里摆着稀奇古怪的货品。她从街上走过时，行人车辆都停下来，那些买东西和卖东西的人也陷入静止。然后她来到一座牌楼前，它梦幻般的轮廓突然之间活了起来，那变化无常的外形好像印度神祇挥动着手臂。正从下面走过时，她听到一阵嘲弄的笑声，随后查理·汤森朝她走来，用双臂搂住她，把她从轿子里抱了出来，告诉她这一切都是个错误，他绝不是有意那样对待她，因为他爱她，没有她他就活不下去。她嘴唇上感受到他的吻，让她喜极而泣，问他为什么这样残忍。尽管她嘴里问着，心里却知道这并不重要。接着，只听一声沙哑、唐突的喊叫，他们二人分开了，中间匆忙而又无声地走过几个穿蓝色破布衫的苦力——他们抬着一口棺材。

她猛地惊醒了。

这座平房坐落在陡峭山坡的半山腰上，从窗口能看见下面一条不宽的河流，对面就是那座城镇。天刚刚破晓，河上泛起一层白色的雾气，笼罩在像豆荚里的豌豆一样彼此挤靠停泊着的帆船上。帆船有好几百只，在幽灵般的光线下寂然、神秘，让人产生一种感觉，船工们也许一个个被施了魔法，因为他们似乎不是睡着，而是被某种怪异可怕的东西镇住，暗哑无声。

黎明乍现，阳光触到雾霭，令其闪闪发白，犹如雪之幽灵降至即将熄灭的星宿之上。河面上的雾气很轻薄，让你可以模模糊糊分辨出拥塞的帆船轮廓和密林一般的桅杆。近处是一道目光无法穿透的发光的墙。突然之间，这白色的云团中浮现出一座雄伟的堡垒，高大而威严，似乎是被昭示万物的太阳所显见，更像是由一根魔棒的点化凭空出现。这残酷、野蛮部族的据点巍然耸立，与河的对岸遥遥相望。而那创造它的魔术师出手迅捷，堡垒的冠顶现出一道彩墙，顷刻间，雾霭之中，浩然一片绿色、黄色的屋顶在金色阳光的点缀下若隐若现。它们看上去巨大无比，让你无法辨认出图案。至于条理，如果说存在条理的话，也远非你所能省察，既任性又放纵，却具有一种难以想象的丰饶之美。那已不再是堡垒，也不是寺庙，而是众神之皇的神奇宫殿，凡人无法涉足。它是那样虚幻，那样奇异，那样超然于世，绝不可能出自人类之手，而是梦的造物。

眼泪顺着凯蒂的脸颊流下来。她凝视着，胸前的双手握紧，屏住呼吸，嘴巴微张着。她还从未有过如此轻盈的心境，就好像躯体变成空壳落在脚边，而自己成了纯然的精神。这就是美。她接纳它，就像信徒口中接纳以圣饼为化身的上帝。

34

沃尔特一大早就出门了，只在吃午饭时回家半个小时，再来就是晚餐准备好之后了。凯蒂发现自己经常一个人待着，好几天都没走出平房。天气十分炎热，大部分时间她躺在窗口边的长椅上，尽量读些书。正午的强光掠去了那魔幻宫殿的神秘，现在不过是一座城墙上的寺庙，既俗艳又破旧。但由于她曾在那样忘我的状态中见识过它，它便不再普普通通。在黎明或黄昏，还有深夜时分，她发现自己常常能够再次捕捉到那种美。那看上去好似巨大堡垒的建筑不过是一堵城墙，她的目光持久地注视着那片凝重、黑暗的墙壁，凹凸起伏的墙垛后面就是那座被骇人的瘟疫掌控的城市。

她隐约知道那里正发生着可怕的事情，并不是从沃尔特那儿，而是从沃丁顿和阿妈那儿得知的——每当问他问题（否则他很少跟她说话），他总是用一种滑稽却冷淡态度作答，让她感到脊背发凉。那儿的居民以每天一百人的速度死去，受到疾病侵袭后很少会痊愈。神像被人从废弃的寺庙里抬出来摆在街上，前面堆满供品，再加上屠宰献祭，但并没有因此止住瘟疫。人们死得太快，几乎来不及埋葬。有些房子里的一家人都死光了，连送葬的人也没有。部队指挥官是位强势人物，如果说城市尚未沦为骚乱和纵火之地，那便归功于他意志决断。他强令手下的士兵掩埋那些无人理会的死者，还亲手枪毙了一名拒不进入一户遭灾人家的军官。

凯蒂有时怕得厉害，只感到心里没底，四肢抖个不停。话说得容易，只要采取合理预防措施，风险就很小，但她还是吓得要死，脑子里翻来覆去想着各种疯狂的逃生计划。逃走，只要逃出去就行！她准备随时动身，就这样一个人离开，除了身上穿的什么都不带，逃到某个安全的地方。她想依靠沃丁顿的怜悯之心，把一切都告诉他，再求他帮助返回香港。如果她“噗通”一声跪在她的丈夫面前，承认她吓坏了，那就算他再怎么恨她，也总会讲点儿人情可怜她。

但这是不可能的。就算她走了，又能走到哪儿去呢？不能去母亲那儿，她母亲会让她看清形势：既然已经把女儿嫁了出去，就别指望再回过头来烦她。她想去找查理，但他不想要她。她知道如果突然出现在他面前他会说什么，她仿佛已经看见他脸上闷闷不乐的表情，那迷人的双眼中藏着狡猾的冷漠。他很难再找出什么应景的话。她紧握起双手，本该不惜一切地羞辱他一顿，就像他羞辱她那样。有时候这种狂怒袭上心头，真希望当初她让沃尔特跟她离了婚，哪怕毁了她自已，只要能把他也毁了就行。他对她说过的某些话让她一想起来就羞得满脸通红。

35

第一次单独跟沃丁顿在一起的时候，她把谈话引向查理。沃丁顿曾在他们刚来的那天晚上提过他，她装作他不过是她丈夫的一位熟人而已。

“我不太喜欢他，”沃丁顿说，“我一直觉得他很讨厌。”

“要让你喜欢谁看来很难啊。”凯蒂回答说，那种漫不经心、略显嘲讽的样子她最拿手了，“我想在香港他算得上炙手可热的人物了。”

“这我了解，他很擅长此道。他把人际声望研究成一门学问，这是他的天赋，能让每个遇见的人觉得他是对方在这个世界上最想见的人。他随时准备为人效力，如果对他来说毫不麻烦的话。即便满足不了你的要求，他也会设法给你留下一种印象，认为你的请求任何人都无法办到。”

“这的确是种很吸引人的特质。”

“魅力，除了魅力一无所有，最终会招人厌烦，我是这么认为的。相比之下，跟一个不那么讨人喜欢但多几分真诚的人相处才让人觉得踏实。我认识查理·汤森多年，有一两次我撞见他摘掉了他的面具——你知道，我这个人无关紧要，不过是个海关的下级官员——我发现他内心里根本不在乎世界上的任何人，除了他自己。”

凯蒂慵懒地躺在她的椅子里，笑盈盈地看着他。她转动着手指上的结婚戒指，一圈又一圈。

“他当然会发迹的。他熟悉官场上的那套内幕，我完全相信在有生之年会称他为‘阁下’，在他进入房间的时候我要起立致敬。”

“大多数人认为他应该获得提升，人们都觉得他很有能力。”

“能力？真是胡说八道！他是个非常愚笨的人。他给你一种印象，似乎他工作麻利全仗着才华出众。根本就没这回事。他不过是十分刻苦，就像个欧亚混血的小职员。”

“那他是怎么获得如此英明的名声？”

“世上有很多愚蠢的人。当一个官阶相当高的人不摆架子，拍着他们的后背说他愿为他们做任何事情，他就很可能被认为英明聪慧。当然了，这里还得提一提他的妻子。你得说这女人很有才干，她头脑敏锐，提出的建议永远值得采纳。只要查理·汤森有了她做依靠，他就踏踏实实，永远干不出什么蠢事。一个人要想在政府部门节节高升，这一点是最要紧的。政府不需要聪明的人，聪明的人有各种想法，想法会招惹麻烦。他们需要有魅力、处事老练、他们认定从来不会捅娄子的人。哦，的确，查理·汤森肯定会爬到权力顶峰的。”

“我很好奇你为什么不喜欢他。”

“我没有不喜欢他。”

“但你更喜欢他的妻子，对吧？”凯蒂笑了。

“我是个老派的普通人，我喜欢有教养的女人。”

“我倒希望她既有教养，又会穿着打扮。”

“她不会穿着打扮吗？我从来没注意过。”

“我总是听人说他们是对恩爱夫妻。”凯蒂说，眼睛透过睫毛观察着他。

“他很爱她。我可以这么夸一夸他，我认为这是他身上最值得称赞的一点了。”

“冷冰冰的赞美。”

“他偶尔也会逢场作戏，但都不太当真。他很狡猾，不会让那种事持续太长，省得给自己找麻烦。当然，他不是一个爱冲动的性情中人，只是个虚荣之徒，喜欢被人赞美。他已经发福，现在也有四十了。他把自己养得太好了，不过初来殖民地那会儿实在是相当耐看。我常听他妻子拿那些风流韵事跟他开玩笑。”

“她不在乎他四处调情？”

“哦，不，她知道这种事情维持不了多久。她说她倒愿意跟那些爱上查理的小可怜儿交朋友呢，可她们实在是太一般了。她说，爱上他丈夫的女人都是些二流货色，实在让她没有面子。”

36

沃丁顿离开后，凯蒂仔细琢磨着他漫不经心说的那些话。这些话不太让人舒服，她又不得不极力掩饰自己的内心受到的触动。他的话句句属实，一念及此她便觉得痛苦。她知道查理既愚蠢又虚荣，渴求别人吹捧。她还记得他跟她讲起那些证明他聪颖过人的小故事时多么自鸣得意，他为那些低级的诡诈技巧而自豪。如果她满腔热情爱上的是这样一个男人，只因为……只因为他有一双漂亮的眼睛和健美的身材，那她该有多么不值钱啊！但愿她能鄙视他，因为只要她仅仅还恨着他，她知道那就近似于她仍爱着他。他对待她的态度应该让她睁开双眼，像沃尔特一样鄙视他。唉，要是能把他从自己脑子里彻底清除该有多好！她明显被他迷昏了头，他的妻子一定拿她跟他逗趣了吧？多萝西本来愿意跟她做朋友的，但发现她是个二流货色。凯蒂轻轻笑了笑：她母亲若是听说有人这样看待她的女儿，那得气成什么样！

但夜里她又梦见了他。她感到他用胳膊紧紧搂着自己，她的双唇体味着他激情热烈的吻。他胖了些，年届四十，但这又有什么关系？她深情款款地微笑，因为他是那般细心地呵护。为他那孩子般的虚荣，她愈发爱他，怜悯他，抚慰他。她醒来的时候，眼中的泪水流个不停。

她不明白为什么在睡梦中哭泣让她觉得那样悲惨。

37

她天天都能见到沃丁顿，因为每天工作一结束，他便漫步上山来费恩夫妇住的平房。一个星期后他们之间变得很亲近，在其他环境下恐怕他们一年都到不了那种程度。有一次凯蒂告诉他，若是没有他的话，她都不知如何是好了，他笑着回答说：

“你瞧，这里只有你跟我踏踏实实在坚实的地上行走。修女们走在天上，而你丈夫则走在黑暗里。”

虽说她听了之后不经意地哈哈一笑，但在心里纳闷他是什么意思。他那双无忧无虑的蓝色小眼睛扫视着她的脸，带着一种和善但又令人不安的关切。她已经发现这人很精明，这给她一种感觉，自己跟沃尔特之间的关系刺激了他愤世嫉俗的好奇心。她故意搞得他晕头转向，觉得这也是乐事一件。她喜欢他，知道他有意好心待她。他不机智诙谐，也算不上才华横溢，但会用一种直白而透彻的方式描述事物，令人意趣顿生。加上秃头下面那张古怪、孩子气的脸，这一切混合了笑声，有时让他的言论听上去出奇地滑稽逗趣。他在各个边远站居住多年，经常找不到跟他同一肤色的人聊天，便在这种古怪的自由中养成了自己的个性。他有各种狂热念头和怪癖，他的坦率令人耳目一新。他仿佛用一种戏谑的心境看待生活，对香港侨民的讽刺尖酸刻薄，但他也嘲笑湄潭府的中国官员，甚至嘲笑让整个城市元气大伤的霍乱。无论他谈起悲惨故事还是英勇的传说，听上去总有那么一点点荒谬。在中国这二十年来的冒险中积攒了不少奇闻异事，你能从这些故事里得出一个结论：这世界是个非常怪诞、离奇而又可笑的地方。

虽然他否认自己是一个中文专家（他发誓说汉学家都像发情期的野兔一样疯狂），但他讲起这种语言来毫不费力。他读书不多，掌握的东西都是从交谈中学来的，而给凯蒂讲中国小说和历史上的故事来，他自然是虚无缥缈、插科打诨一番，听上去倒也令人愉快，甚至有些亲切。在她看来，他也许在不知不觉中接受了中国人的观念，认为欧洲人粗鲁野蛮，生活荒唐愚蠢，只有在中国过的那种生活才能让一个有理智的人洞悉其中的几分真实。这很引人反思，凯蒂每听到有人说起中国人，必然是颓废、肮脏、糟糕得无以言说。这就像帷幕的一角被掀开片刻，让她得以瞥见色彩丰富、含意悠远的世界，她连做梦也不曾梦到过的。

他坐在那儿，说着，笑着，喝着酒。

“你不觉得你喝得太多了吗？”凯蒂大胆地说。

“这是我生活的一大乐趣，”他回答，“再说，它能预防霍乱。”

离开她的时候他通常已经醉意渐浓，但还能把控得体，不失礼仪。酒让他轻松快活，并不惹人讨厌。

有天晚上，沃尔特回来得比平时早些，要他留下来吃饭。一件不寻常的事情发生了。他们用过了汤和鱼，然后仆人把鸡肉连同一盘新鲜的蔬菜色沙拉端给凯蒂。

“天哪，你可不能吃这个。”沃丁顿叫道，看着凯蒂取了一些。

“哦，我们每天晚上都有这道菜。”

“我妻子喜欢吃。”沃尔特说。

盘子递给沃丁顿，但他摇了摇头。

“非常感谢，不过我现在还不想自杀。”

沃尔特冷冷地笑了笑，自己取了一点。

沃丁顿没再说什么，事实上他一下子奇怪地缄默下来，吃完晚饭便很快离开了。

他们的确每天晚上都吃蔬菜沙拉。来到这儿的两天后，厨师带着中国人的那种冷淡态度端上这盘菜，而凯蒂也不假思索地取了一些。沃尔特立刻探过身来。

“你不能吃这个。这仆人竟然上这道菜，真是荒唐。”

“为什么不呢？”凯蒂问道，直盯盯看着他的脸。

“生的菜一直很危险，现在吃这个简直是疯了，你会要了自己的命。”

“我觉得这倒不是个坏主意。”凯蒂说。

她镇定地吃了起来，猛然间有了一种莫名其妙、虚张声势的气魄。她用嘲弄的目光看着沃尔特，觉得他的脸有点儿发白，但沙拉递给他时他也取了一些。厨师见他们并不拒绝，于是每天都准备一些，他们便每天都吃，以求一死。冒这种风险实在是怪诞不经，凯蒂本来生怕染上疾病，这时吃着沙拉，感到这样做不仅是在恶意报复沃尔特，同时也是在藐视她自己那绝望的恐惧。

38

这件事情过后的第二天，沃丁顿在下午来到平房这边小坐了一会儿，然后问凯蒂是否愿意跟他一起散步。自从他们来这儿以后她还没出过住宅区的大门，于是高兴地答应了。

“恐怕能散步的地方不多，”他说，“不过我们可以去山顶转转。”

“啊，好的，那儿有座牌楼，我经常在露台上眺望它。”

一个仆人为他们打开沉重的大门，他们走进布满尘土的小巷。还没走多远，凯蒂就惊恐地抓住沃丁顿的胳膊，吓得叫出了声。

“快看！”

“怎么了？”

在居住区的围墙脚下，有个男人仰面朝天躺着，两腿挺直，胳膊伸过头顶。他穿着打补丁的蓝色破布衫，乱蓬蓬的头发犹如一个当地乞丐。

“他看上去好像死了。”凯蒂喘着气说。

“他确实死了。往这边走，你最好别再往那儿看。等我们回来，我叫人把他抬走。”

但凯蒂浑身哆嗦得厉害，一步也挪不动。

“我以前还从来没见过死人。”

“你最好尽快习惯下来，因为在你离开这个快活之地以前，你会看到很多很多。”

他拉过她的手，让她挽起自己的胳膊，两人默默地走了一会儿。

“他是死于霍乱吗？”她终于问道。

“我想是的。”

他们走上山顶，最后来到了牌楼那里。雕刻丰富多彩的牌楼梦幻而又讽刺地矗立在那儿，宛如周遭乡野上的一座地界标。他们坐在基座上，面朝广袤的平原。山上密匝匝地布满死者的绿色小土丘，不成排列，散乱无序，让你产生一种奇怪的感觉，他们准是在地底下你推我搡。狭窄的田埂在绿色的稻田之间蜿蜒而去，一个小男孩骑在水牛的脖子上，慢悠悠地赶着牛回家。三个戴着宽边草帽的农民肩扛着重物，慵懒的步子歪歪斜斜。一天的燥热过后，傍晚的微风让这块地方十分惬意，广袤乡间的景致为饱受摧残的心灵带来宁静和忧郁。不过，凯蒂无论如何也忘不掉那个死去的乞丐。

“眼看着有人在你周围死去，你怎么能这样又说又笑，还喝威士忌呢？”她忽然问道。

沃丁顿没有回答。他转过身来看着她，然后把手放在她的胳膊上。

“你知道，这不是女人待的地方。”他严肃地说，“你为什么不离开？”

她透过长长的睫毛朝他乜斜了一眼，嘴角挂着一丝笑意。

“我觉得在这种情况下，一个妻子应该待在她丈夫的身边。”

“他们给我打电报说你跟费恩一起来，当时我很惊讶，但随后觉得也许你是个护士，这是你的寻常工作，我估计你是那种死板着面孔的女性，倘若有人生病住院的话，你非得把他折磨得要死要活。可我走进平房看见你坐在那儿休息，一下子吃惊不小，你看上去虚弱、苍白、疲惫不堪。”

“你不能指望我在路上走了九天之后，还那么精神十足。”

“你现在也虚弱、苍白、疲惫不堪，容我再加一句，极度不快乐。”

凯蒂脸红了，她实在是不由自主，但还算能勉强笑几声，听上去也还快活。

“很遗憾你不喜欢我的表情。我不快乐的唯一原因是，自十二岁起我就知道我的鼻子有点过长。但是，暗怀忧伤是一种最为有效的姿态，你都想不到多少个讨人喜欢的年轻人想来安慰我。”

沃丁顿用那双闪亮的蓝眼睛看着她。她知道自己说的话他连一个字都不相信，可只要他装出相信的样子，她也就无所谓了。

“我知道你们结婚时间不太长，便得出结论认为你和你丈夫疯狂地爱着对方。我实在不敢相信他愿意让你来这儿，但也许你坚决不肯一个人留在家里。”

“这是个非常合理的解释。”她淡淡地说。

“不错，但并不是正确的解释。”

她等着他继续说下去，担心他真的会说出什么来，因为她非常清楚他头脑机灵，心里有话从不犹豫。但她又控制不住那种欲望，想听听他怎么谈论她。

“我丝毫不认为你爱你的丈夫。你不喜欢他，就算你说恨他，我也不会感到惊讶，但我敢肯定你害怕他。”

有那么一会儿她眼睛看向别处，她不想让沃丁顿看出他说的哪句话影响了她。

“我怀疑你不太喜欢我的丈夫。”她带着冷冷的讽刺说。

“我尊重他，他有头脑，有性格。而且，我可以告诉你，这样两者兼具很不寻常。我想你并不清楚他在这儿都做些什么，因为我不认为他把什么事情都跟你讲。如果说有哪个人能够单枪匹马阻止这场可怕的瘟疫，这个人就是他。他诊治病患，清理整座城市，想方设法净化饮用水。他从来不在乎去什么地方，做什么事情，每天要冒二十次生命危险。他说服俞上校受他的调遣，把军队交由他来支配。他甚至让地方长官也有了心气儿，老头子开始干实事了。修道院的修女们对他非常信赖，她们把他看做英雄。”

“你不这么看吗？”

“毕竟这不是他的本职工作，对吧？他只是个细菌学家，本没有必要到这里来。就他给我的印象，他并不是出于对那些垂死的中国人的怜悯。沃森就不一样了，他热爱人类。尽管是个传教士，但他对待基督教徒、佛教徒和孔教徒都一视同仁，他们都是人类。你丈夫来这儿不是因为他在乎这倒霉的十万中国人死于霍乱，他也不是出于对科学的兴趣。他为什么来这儿？”

“你最好去问他。”

“看你们两人在一起让我觉得很有意思，我有时很好奇你们单独在一起时是什么样。我在场的时候你们演戏，两个人都是，但演得差劲极了，我的老天爷。就凭你们俩的演技，在巡回演出团一周也赚不上三十个先令。”

“我不明白你是什么意思。”凯蒂笑了笑，仍然装出一副轻佻的样子，她知道这样骗不了谁。

“你是个非常漂亮的女人，有趣的是你丈夫竟然从来不看你一眼。他跟你说话时，听起来就好像那不是他的声音，而是别人的。”

“你认为他不爱我吗？”凯蒂问道。她的声音低沉、嘶哑，一改先前那种无忧无虑的语调。

“我不知道，不知道是你让他满心拒斥，连靠近你都让他起鸡皮疙瘩，还是他心中爱火熊熊，出于某种原因不让自己表露出来。我怀疑你们两个是来这儿寻死的。”

凯蒂记起生菜沙拉那场小插曲时沃丁顿吃惊的眼神，还有他那细细品味的表情。

“我看你是把几片生菜叶看得太重了。”她尖刻地说，站了起来，“回去吧？我猜你一定又想来一杯威士忌加苏打水了。”

“不管怎么说你都算不上什么女英雄，你吓得要死，你敢肯定不想离开这儿？”

“这跟你有什么关系吗？”

“我可以帮你。”

“你是想要垂怜我那暗怀忧伤的样子吗？瞧瞧我的侧脸，看我鼻子是不是有点儿过长。”

他沉思般地盯着她，那双明亮的眼睛里带着刻毒和嘲讽的神情，但又夹杂着别的，一片阴影，就像河边的一棵树留在水中的映像，表达着一种特别的关爱。泪水一下子溢满凯蒂的眼眶。

“你必须得留在这儿吗？”

“是的。”

他们穿过华丽的牌楼朝山下走去，回到居住区时又看见那个死去乞丐的尸体。他拉起她的胳膊，但她挣开了，定定站在那儿。

“实在可怕，是不是？”

“什么？死亡？”

“是的，它让一切显得那么微不足道。他都不像是人了，看看他，你都很难让自己相信他曾经是个活人，很难想象不多年前他还是个小男孩，狂奔下山，手里放着风筝。”

她一阵哽咽，忍不住抽泣起来。

39

几天后，沃丁顿跟凯蒂坐在一起，手里拿着一大杯威士忌加苏打水，开始跟她讲起修道院的事。

“女修道院长是一个非常了不起的女人。”他说，“修女们告诉我，她来自法国的一个大家族，但她们不告诉我到底是哪个，院长嬷嬷不想让人议论。”

“你要是感兴趣，为什么不问问她本人？”凯蒂笑着说。

“如果你认识她，你就知道不可能问她这种有欠慎重的问题。”

“她这人一定很了不起，竟然能让你如此敬畏。”

“我从她那儿给你带了个消息，她要我跟你说——当然你很可能不愿冒险进入瘟疫中心——倘若你不介意，她非常乐意带你参观一下修道院。”

“她实在太客气了，真没想到她还知道有我这个人。”

“我说起过你。最近我每周去那儿两三次，看看有什么可以帮忙的。我敢说你丈夫跟她们提起过你，你会发现她们对他极其钦佩，对此你必须有所准备。”

“你是天主教徒吗？”

他那对刻毒的眼睛眨了眨，哈哈一笑，滑稽的小脸布满皱纹。

“你冲着我笑什么？”凯蒂问。

“进了天主教堂能有什么好的吗？ 不，我不是天主教徒，我把自己说成英格兰圣公会成员，我觉得这是一种无伤大雅的说法，就是你什么都不太信……院长嬷嬷十年前来这儿的时候随身带了七名修女，现在只剩下三个，其他都死了。你看，就算在最好的时候，湄潭府也绝不是什么疗养地。她们住在城市的正中，在最贫穷的地区。她们工作非常辛苦，从来都没有假期。”

“那么说现在只有三位修女和院长嬷嬷了？”

“哦，不，有人顶替了她们的位置。现在一共有六个人，其中一个在瘟疫刚流行的时候死于霍乱，另外两人就从广州赶过来了。”

凯蒂的身子哆嗦了一下。

“你冷吗？”

“不，只是无故打了个冷战。”

“她们离开了法国，也就永远离开了。不像那些新教传教士，时常会有为期一年的休假。我一直认为这是最难熬的。我们英国人都不太依恋故土，可以四海为家。但是法国人不一样，他们很依恋自己的国家，几乎是一种天然的维系。他们离开故土就再也不会觉得真正安闲自在。这些女人能做出如此的牺牲，总让我非常感动。我想，假如我是一个天主教徒的话，就会觉得这种事情很自然了。”

凯蒂冷静地看着他，她不太明白这个小个子男人说这些话时抱有何种情感，怀疑他是不是在故作姿态。他喝了不少威士忌，也许已经不太清醒了。

“自己去那儿看吧，”他说，带着那嘲弄般的笑容，快速揣测着她的心思，“不会比吃个番茄更危险的。”

“如果你不害怕，我也就没什么理由好怕的了。”

“我想你会觉得很有意思，那里就像一个小小的法国。”

40

他们坐一条小舢板渡过河去。栈桥那里已经有一台轿子等着凯蒂，抬着她上了山，来到了水闸那边。苦力们就是经过这儿去河里取水，他们急匆匆来回往返，肩上用轭索拴着大水桶，溅得田埂上湿淋淋的，就像下过一场大雨。凯蒂的轿夫用短促、尖利的声音吆喝着，催他们让开路。

“自然是各种生意都停顿了，”沃丁顿说，在她的旁边走着，“在正常情况下，苦力们忙上忙下，担着货物去帆船那边，你得跟他们抢道才行。”

街道很窄，曲曲弯弯，凯蒂完全没了方向感，不知前往何处。许多商店都关了门。在来这儿的旅途上她已渐渐习惯了中国街道的杂乱邋遢，但这里的垃圾污物已经堆了好几个礼拜，熏天的臭气让她只得掏出手帕捂住自己的半张脸。经过中国城镇总会遇到人群盯着她瞧，让她不堪其扰，但她注意到现在只是偶尔有人投来漠然的一瞥。路人稀稀落落，不像往常那样拥挤，似乎都在一门心思忙自己的事，他们畏畏缩缩、无精打采。间或经过一座房子，听到锣声还有不知什么乐器发出凄厉而悠长的哀鸣，那一扇扇关闭的房门后面都躺着一个死人。

“我们到了。”沃丁顿终于说。

轿子在一个小门口放下，门的顶端镶嵌着一个十字架，两侧是长长的白墙。凯蒂走出轿子，而他按了按门铃。

“你不能指望什么隆重豪华的排场，你知道，他们穷得厉害。”

一个中国姑娘开了门，沃丁顿说了句什么，她便带着他们进了走廊一侧的一间小屋。屋里有一张大桌子，上面铺着方格子油布，靠墙摆着几把硬木椅子。房间的一端有一尊圣母玛利亚的石膏像。不一会儿，一个修女走了进来，又矮又胖，长着一张俗常的面孔，脸颊红润，两眼闪着愉快的光。沃丁顿把凯蒂介绍给她，称她圣约瑟修女。

“C'est la dame du docteur?（这是医生的妻子吧？）”她笑盈盈地问，随即补充说院长马上就过来。

圣约瑟修女不会说英语，凯蒂的法语也结结巴巴，但沃丁顿说得流畅自如。虽说不太准确，他口若悬河的一通诙谐议论还是让性格开朗的修女乐不可支。那欢快爱笑的样子让凯蒂大为惊讶，她本来以为修道院的人总是一脸严肃，这种孩童一般的甜蜜欢乐深深触动了她。

41

门开了，让凯蒂惊奇的是，那道门极不自然地、就像是自己沿着门轴向外转开了，接着院长嬷嬷便走进了小房间。她在门槛那儿站了一会儿，看着咯咯笑的修女和沃丁顿那张布满皱纹的小丑脸，唇边浮现出一丝凝重的笑意。接着，她走上前来，朝凯蒂伸出手。

“费恩太太吗？”她的英语带有浓重的口音，但发音很准确，一边微微躬了一下身子，“我很高兴结识我们那位善良、勇敢的医生的妻子。”

凯蒂察觉女院长的眼睛久久注视着她，品评着，没有一丝尴尬。这目光是如此直率，以至于并不显得失礼，似乎这个女人的本职就是来评价他人，而她从未觉得有必要借各种手段加以掩饰。她端庄而亲切地示意她的客人就座，自己也坐了下来。圣约瑟修女依然笑着，但已不再做声，站在女院长身旁稍稍靠后的地方。

“我知道你们英国人喜欢喝茶，”女院长说，“我已经吩咐过了，不过很抱歉，是按中国的方式喝茶。我知道沃丁顿先生喜欢威士忌，但恐怕我给不了他。”

她笑了，那庄重的眼睛里带了一丝悻悻的神色。

“哎呀，**ma mère**（我的院长嬷嬷），你这么说，就好像我是个老酒鬼似的。”

“我倒希望你说你滴酒不沾，沃丁顿先生。”

“我什么时候都能说我滴酒不沾，一沾就过。”

女院长笑了，把这句无礼的狡辩给圣约瑟修女翻译成法语。她用友善的目光看着他。

“我们必须体谅沃丁顿先生，有两三次我们一点儿钱都没了，不知如何养活那些孤儿，都是沃丁顿先生帮了我们。”

给他们开门的那个皈依者端着一个托盘进来，上面放着中国茶杯、茶壶，还有一小盘法国点心，称做玛德琳蛋糕。

“你们一定得吃点儿玛德琳蛋糕，”院长说，“这是圣约瑟修女今天早上亲手为你们做的。”

他们聊起平常的话题。院长询问凯蒂在中国待了多久，从香港来这儿时一路上是否劳顿，又问她去没去过法国，是否觉得香港的气候难以忍受。这种交谈稍显琐屑，但很友好，周围的环境让谈话有了一种特殊的味道。会客室里十分安静，让你难以相信自己置身于人口稠密的城市中心，一片安宁栖居此地。然而疫病正在四处肆虐，民众惊恐不安，但被一位军人的强力意志控制着，其人几乎与土匪无异。在修道院的院墙之内，医疗室里挤满了染病和垂死的士兵，修女们照看的孤儿，有四分之一已经死去。

凯蒂不知为何深受触动。她观察着这位端庄沉稳、亲切向她问这问那的女士。她一身素白，教服上唯一的颜色是烙在前胸的红心。她是个中年女人，四十或是五十岁，这一点很难断定，因为她光滑、苍白的脸上几乎没有皱纹，但给你的印象是，她远非年轻，这一判断主要来自她高贵的举止，她的自信，以及那双有力、漂亮、略显憔悴的手。她是长脸型，长着一张大嘴，牙齿大而整齐。鼻子尽管不小，但很精巧灵敏。又细又黑的眉毛下的那双眼睛，使她的面孔有了一种强烈而悲剧性的特征。那双眼睛又大又黑，虽然算不上冷淡，那沉稳坚定的神态还是让人感到信服。当你见到这位院长嬷嬷，一开始会觉得她在孩提时一定极漂亮，随即就会发现这位女性的美出于她的性格，随时间推移愈发成熟。她的声音深沉、轻柔、有所节制，无论说英语还是法语都不紧不慢。而她身上最显著的一点是在基督教慈善机构锻炼出的权威气质，你会觉得她惯于发号施令，对她的服从再自然不过，而她带着谦卑的态度接受他人的顺服。不难看出她深深意识到支撑着她的教会的权威。凯蒂心里揣测，尽管举止严肃克制，她仍会用一种人性的耐心来包容人性的弱点。见她面带严肃的微笑听着沃丁顿满不在乎的信口胡言，你无法不相信她对荒谬可笑的事物具有相当活跃的感知力。

然而凯蒂隐约感到她的身上还另有一种特质，只是说不出来那是什么。院长确实举止亲切高雅，让凯蒂觉得自己像一个笨拙的女学生，可那种东西才使凯蒂跟她隔着一段距离。

42

“Monsieur ne mange rien.（先生什么都不吃。）”圣约瑟修女说。

“先生的胃口让满族人的菜给毁了。”院长回答。圣约瑟修女的脸上没了笑容，摆出一副一本正经的模样。沃丁顿恶作剧般瞥了一眼，又拿起一块蛋糕。凯蒂不明白他们谈的是什么。

“为了证明你的话多么不公平，ma mère（我的院长嬷嬷），我要提前毁了等着我的那顿丰盛晚餐。”

“如果费恩太太想看看修道院，我很乐意带她转一转。”院长转向凯蒂，脸上带着歉意的笑容，“很遗憾你正赶上一切处于混乱的当口。我们有很多工作要做，姐妹们又人手不足。俞上校一再坚持把我们的医疗室用来处置生病的士兵，因此不得不把餐厅用作孤儿的医疗室。”

她站在门口，让凯蒂先通过，然后两人一起走进阴冷的白色走廊，后面跟着圣约瑟修女和沃丁顿。他们先走进一个空荡荡的大房间，不少中国女孩正在埋头刺绣。客人一进门她们全都站了起来，院长给凯蒂看她们绣的几个样品。

“尽管发生瘟疫，我们还是让她们继续做活，省得她们总想着可怕的事情。”

他们进了第二个房间，年纪更小的女孩们正在做简单的缝纫，是些卷边和拼接的活儿。随后又去了第三个房间，里面不过是些小孩子，一个中国教徒照管着他们。孩子们闹哄哄地玩耍着，见院长进来便围上前来，一个个都是两三岁的小不点儿，长着中国人的黑眼睛和黑头发。孩子们抓着她的手，藏进她的大裙子里头。她严肃的脸上现出迷人的微笑，抚弄着他们，打趣地说了几句什么，尽管凯蒂听不懂中国话，但她知道那是爱抚的意思。她微微打了个冷战，因为这些穿着一样衣服的孩子一个个面黄肌瘦，发育不良，加上扁扁的鼻子，让她觉得不太像人，甚至感到厌恶。而院长嬷嬷站在他们中间，就像是仁爱的化身。打算离开这里的时候，他们不让她走，一个个都缠着她。她只得微笑劝说，还要使上点儿力气才摆脱出来。他们全然不觉得这位伟大的女性身上有什么令人惧怕的东西。

“当然了，你知道，”走在另一条走廊上时她说，“说这些孩子是孤儿，只是因为父母想要摆脱他们。每送来一个孩子，我们就要付他们一些现钱，否则他们不愿意找这个麻烦，干脆就把他们弄死了。”她转向修女，“今天有送来的吗？”她问。

“四个。”

“现在，加上这场霍乱，他们就更不愿意让这些没用的女孩拖累了。”

她带凯蒂去看宿舍，经过一扇写着“医疗室”字样的门时，凯蒂听见阵阵呻吟和大声的哭喊，好像又有某种非人的生物正遭受痛苦。

“我就不带你看医疗室了，”院长嬷嬷用平静的声调说，“没人愿意看到那番景象。”她突然想起了什么，“不知道费恩医生在不在这儿。”

她探询地看向修女，后者带着快活的笑容拧开门把，闪身进去。凯蒂畏缩了一下，打开的门让她更为惊骇地听见里面的喧嚣声。圣约瑟修女又走了出来。

“没有，他来过这儿，过一会儿再回来。”

“六号怎么样了？”

“Pauvre garçon（可怜的孩子），他死了。”

女修道院长划了个十字，嘴唇微微翕动，做着简短的默祷。

他们经过庭院，凯蒂注意到地上并排摆着两个长形的东西，上面盖着一块蓝色的棉布。院长转向沃丁顿。

“我们的床位太少了，只能让两个病人挤在一张床上，一旦病人死亡就马上裹了布出去，给另一个病人腾地方。”她对凯蒂笑了笑，“现在带你去看礼拜堂。我们非常为它自豪，一个在法国的朋友送来一尊真人大小的圣母玛利亚雕像。”

43

小礼拜堂不过是一座又长又矮的房子，粉白的墙壁，还有几排松木椅子。礼拜堂的一端是摆着塑像的祭坛，那是一座塑模石膏像，涂着粗糙的油彩，光鲜明亮，很是扎眼。塑像背后是一幅耶稣受难的油画，十字架下面画着两个姿态过于悲痛的玛利亚。这张画很低劣，暗色部分涂得一塌糊涂，作者完全不懂色彩之美。周围的墙壁画着苦路十四处，也是出自同一个蹩脚的画工之手。这座礼拜堂实在是既丑陋又粗俗。

两位修女一进门便跪下祈祷，许久才站起身来。院长又跟凯蒂聊了起来。

“凡是能碎的东西，运到这儿的时候都碎了。但这塑像由我们的捐助人从巴黎运来时，连一丝裂纹都没有，毫无疑问这是个奇迹。”

沃丁顿那双怀着恶意的眼睛闪闪发光，但他管住了自己的嘴巴。

“祭坛后面的画和苦路十四处是我们的圣安塞尔姆修女画的。”院长划了个十字，“一位真正的艺术家，不幸的是她死于这场疫病。你不觉得这些画很漂亮吗？”

凯蒂支支吾吾给予肯定。祭坛上放着几束纸花，几座烛台的装饰乱七八糟，让人静不下心。

“我们拥有特权在这儿保持圣餐礼。”

“是吗？”凯蒂说，她没能理解这话的意思。

“在面临如此可怕的疾病时，这对我们是个很大的安慰。”

他们离开了礼拜堂，沿原路回到一开始待的会客室。

“你想在离开前看看今天早上送过来的孩子吗？”

“很想。”凯蒂说。

院长嬷嬷把他们领进通道另一端的一个小房间。桌子上，在一块布的下面，有什么奇特的东西蠕动着。修女掀开那块布，露出四个小小的、裸着身子的婴儿，一个个全身通红，胳膊腿不停舞动，十分滑稽，那离奇的中国人的脸孔扭出一副怪相。几个婴儿看上去不太像人类，而像某种未知的奇怪生物，但其中仍有异乎寻常的东西让人感动。院长看着几个婴儿，愉快地笑了笑。

“看上去都很活泼，但有时候孩子一送来就死了。当然，孩子到这儿后我们就马上为他们施洗。”

“太太的丈夫见到这几个孩子一定很高兴。”圣约瑟修女说，“我觉得他能跟这些婴孩玩上好几个小时，孩子一哭他就会抱起来，舒舒服服放在他的臂弯里，孩子就高兴地直笑。”

随后凯蒂和沃丁顿来到玄关，凯蒂庄重地感谢院长嬷嬷的一番劳烦。这位修女谦卑地鞠了一躬，同时也显得高贵威严、和蔼可亲。

“我非常高兴。你不知道你的丈夫对我们有多仁义，给了我们多大的帮助，他简直是上天派来的。我很高兴你能随他同来。他每天回到家，一定会感到莫大的安慰，因为有你的爱，还有你——你可爱的面容。你一定要好好照顾他，别让他工作太辛苦，你得替我们大家照顾好他。”

凯蒂的脸红了，不知道该说些什么。院长嬷嬷伸出手来，凯蒂握着这只手，意识到那沉静、关切的目光落在自己身上，超然物外，同时又带有某种深深的理解。

圣约瑟修女在他们身后关上门，凯蒂钻进她的轿子，他们沿着狭窄、蜿蜒的街道返回。沃丁顿不经意地说了句什么，凯蒂没有回答。他回头看了一眼，但轿子的侧面挂着窗帘，让他看不见她。他默默走着。等他们到达河边，她走出来时，他吃惊地发现她脸上流着泪。

“怎么回事？”他问，他的脸皱出一个惊慌的表情。

“没什么。”她勉强笑了一下，“不过是愚蠢而已。”

44

再次单独待在死去的传教士那破破烂烂的客厅里，躺在临窗的长椅上，她出神地望着河对岸的寺庙（夜晚将至，又使它显得虚幻可爱），试图理清心里的种种情感。她怎么也不会想到，造访女修道院会让她如此感动。去那里是出于好奇，反正也没别的事情可做，隔水相望那座围城那么多天以后，她未尝不想瞧一瞧它的神秘街巷。

可是，一旦进了修道院内，她就觉得自己似乎被送入了另一个世界，陌生地存在于时间和空间之外。那些光秃秃的房间和白色的走廊既朴素又简单，似乎具有某种遥远而神秘的精气。小礼拜堂是那样丑陋俗气，粗鄙得有些可怜，但拥有大教堂那彩色玻璃画窗和巨匠画作呈现的宏伟壮观中所缺少的东西——谦卑。那装饰它的信念以及珍爱它的情感，赋予了礼拜堂一种微妙的心灵之美。修道院工作那种井然有序的安排在瘟疫的包围中坚持着，显示出面对威胁的冷静和务实，事实上近乎一种讽刺，给人留下深刻的印象。凯蒂耳边仍回响着圣约瑟修女打开医疗室房门的那一刻传出的凄惨可怖的声音。

想不到她们会那样评价沃尔特。首先是修女，然后是院长嬷嬷本人，她称赞他时语气特别温柔。她们觉得他那么好，这让她奇怪地产生一种自豪的冲动。沃丁顿也跟她说起过沃尔特做的事情，但修女们称赞的不仅是他的能力（在香港她就知道人们都说他聪明），还说他既体贴又亲切。他当然很亲切，生病的时候他无微不至；他机灵敏锐，绝不会刺激病人；他的触摸也很舒服，让人宽心。真好像施了什么魔法，只要他一到场，就能让你的痛苦减轻不少。她知道再也见不到他深情的眼神，而她曾对此习以为常，甚至感到厌倦。现在她知道他爱的能力是多么深广，他以某种奇特的方式将爱倾注到那些可怜的病患身上，成为他们唯一的依靠。她不觉得嫉妒，却有一种空虚感，就像她一直仰赖着的支撑，习以为常，几乎意识不到它的存在。突然从她身边抽走之后，她开始左摇右晃，头重脚轻。

她只能鄙视自己，因为她曾一度鄙视沃尔特。他必定知道她如何看待他，但他毫无痛苦地接受了。她十分愚蠢，这他很清楚，但他爱她，所以对他来说也就没什么要紧了。现在她不讨厌他，也不觉得怨恨，只有些害怕和困惑。她不能不承认他具备非凡的品质，有时她认为他甚至有一种奇特、不吸引人的伟大。这样说来，她不爱他，却爱着那个她已看穿的卑鄙小人，这就让人费解了。她想着，想着，用一个个漫漫长日来仔细掂量查尔斯·汤森的价值：他不过是个庸常之人，只有二流的品质。要是她能从心里彻底抹去残留的爱，那该多好！她尽量不去想他。

沃丁顿也很高看沃尔特，只有她一个人看不见他的优点。为什么？因为他爱她。人心到底是怎么回事，竟让你鄙视一个男人，只因为他爱你？不过沃丁顿也承认他不喜欢沃尔特，男人都不喜欢他。很容易看出那两位修女对他怀有一种近乎爱慕的感情，他在女人眼里全然不同，尽管他羞怯，但你能感到他精致细腻的仁爱之心。

45

不过说到底，最打动她的还是两位修女。那位圣约瑟修女长着一张快活的面孔，脸颊像苹果一般通红。她十年前跟随院长嬷嬷等一小拨人来到中国，眼见她的同伴一个个死于疾病、穷困和乡愁，尽管如此她依然开朗快乐。到底是什么赋予她这天真、迷人的乐观性情？此外就是院长嬷嬷。凯蒂想象着自己再次站在她面前，又一次觉得自己卑微、惭愧。她既是那样率真自然，又有一种与生俱来的高贵气质，令人心生敬畏，你无法想象有谁会不尊重她。圣约瑟修女站在那儿的样子，她每一个细小的动作和回答问话的语调，无不表现出深深的顺从，并以此约束自己。沃丁顿既轻浮又不拘礼节，但他说话的语气也显出他不太自在。凯蒂觉得没必要告诉自己院长嬷嬷出自法国的名门望族，她的言谈举止早已暗示出她的古老血统，她的权威让人觉得根本不可能违抗。她既有贵族夫人的屈尊仪态，又有圣人的谦卑为怀。她坚定、温雅、沧桑的脸上有充满激情的严峻质朴，与此同时，她又兼具关怀和温柔，容许那些小小的孩子聚拢在身边，闹闹哄哄，一点儿也不怕她，完全信赖她那深切的爱意。当她看着四个新出生的婴儿，脸上的微笑很是亲切，却又意味深长，就像一道阳光照在原始而凄凉的荒地上。圣约瑟修女不经意说沃尔特的话让她有些感动，这感觉很是奇怪，她知道他极其渴望能有自己的孩子，虽然他沉默寡言，但她毫不怀疑他能大大方方对孩子表现出顽皮、有趣的爱心。虽然大多数男人照顾婴儿都笨手笨脚，但他却不手生，真是个奇怪的人！

但这段感人的经历中也留有一片阴影，突然而挥之不去，让她心烦意乱。圣约瑟修女不失分寸的乐呵呵的样子，尤其是院长嬷嬷近乎完美的礼仪，那种超然态度让她感到压抑。她们很友好，甚至可以说是亲切，但与此同时她们又有所隐瞒，她说不清那是什么，只是意识到她不过是个偶然到访的陌生人。她跟她们之间立着一道屏障。双方说着不同的语言，不仅嘴上说的不同，心里想的也不一样。她觉得那扇门在她身后一关，她们就把她忘得一干二净，接着去忙刚刚丢下的工作了。对她们来说，她这个人可能根本就不存在。她觉得自己不仅被一座穷困的小修道院关在了门外，而且被一片神秘的精神乐园拒之门外，而那里正是她全部的心灵都在渴望的。她突然生出一种前所未有的孤独感，这就是她哭的原因。

现在，她疲惫地把头靠在椅子上，长叹一声："唉，我真是个没用的人啊。"

46

那天晚上沃尔特回平房的时间比平时早了一点。凯蒂正躺在长椅上，对着敞开的窗子。天已经快黑了。

"你不点盏灯吗？"他问。

"晚餐准备好的时候他们会提灯上来。"

他总是漫不经心地跟她说话，都是些琐屑的事情，好像他们是相熟的老朋友，从他的态度上永远看不出他心里怀有什么恶意。他从来不看她的眼睛，也从来不笑，处处拘泥于礼貌。

"沃尔特，如果我们熬得过这次瘟疫的话，你觉得以后我们该做什么？”她问。

他等了一会儿才回答，她看不到他的脸。

“我还没有想过。”

以前她总是想起什么就随口说出来，从没想过说话之前还要考虑考虑。但现在她怕他，觉得自己嘴唇颤抖，心脏痛苦地怦怦直跳。

“我今天下午去了修道院。”

“我听说了。”

尽管语不成句，但她强迫自己说下去。

“当初你把我带到这儿，真的是想要我死吗？”

“如果我是你，我就不会再提这个，凯蒂。我不认为谈论这种事情能带来什么好处，我们最好把它忘掉。”

“但是你不会忘的，我也不会。来这儿以后我想了很多，你愿意听听我要说的话吗？”

“当然。”

“我待你太不好了。我对你不忠。”

他定定地站在那里，静止不动的样子出奇地可怕。

“我不知道你明不明白我的意思。对女人来说，这种事情一旦结束，也就没什么了。我觉得女人从来都不太理解男人采取的态度。”她唐突地说，简直认不出那是自己的声音，“你知道查理是什么人，你也知道他会怎么做。是的，你说得很对，他是个一钱不值的小人。我若不是跟他一样一钱不值，也不会受他的蒙骗了。我不求你原谅我，也不求你像原来那样爱我，但我们不能做朋友吗？周围成千上万的人在死去，还有修道院的那些修女……”

“他们跟这有什么关系？”他打断她。

“我也解释不清楚。今天去那儿的时候就有这种奇怪的感觉，一切都好像有很深的寓意。情况那么糟，她们的自我牺牲那么了不起，让我不由得想到——不知你明不明白我的意思——就因为一个愚蠢的女人对你不忠，你就让自己深陷痛苦，这既荒谬，又不相称。我这个人太没价值，太无关紧要了，都不值得让你分心。”

他没有回答，也没有离开，似乎在等着她说下去。

“沃丁顿先生和修女们跟我说了你那么多好话，我很为你自豪，沃尔特。”

“你原来不是这样，总是看不起我。现在不了？”

“难道你不知道我害怕你吗？”

他又沉默了。

“我不明白你的意思，”他最后说，“也不知道你到底想要什么。”

“我自己什么也不要，只想让你稍稍快乐一点儿。”

她感觉他僵硬起来，他回答的时候声音冷冰冰的。

“你觉得我不快乐，那是你想错了。我有太多太多的事情要做，根本不可能经常想起你。”

“我不知道修女们会不会允许我去修道院工作。她们很缺人手，要是我能帮上什么忙的话，那我就太感谢她们了。”

“那儿的工作既不轻松，也不愉快。我怀疑你很快就会厌烦的。”

“你特别瞧不起我吧，沃尔特？”

“不。”他犹豫了一下，声音十分奇怪，“我瞧不起我自己。”

47

现在是晚饭后，像往常一样，沃尔特坐在灯前读书。他每晚都一直读到凯蒂上床睡觉，才去那个他用空房间装备起来的实验室，在那儿工作到深夜。他睡得很少，潜心于她不明所以的一些实验。这些工作他对她只字不提，以前他就一直对这方面的事情缄口不语，他天生不喜欢张扬。她深深思考着他刚刚跟她说的那些话，这次谈话没有得到任何结果，她对他了解得实在太少，甚至弄不清他说的是真话还是假话。有没有可能，尽管他对她来说是那样一种不祥的存在，但她对他来说已完全不复存在了？曾几何时，她说起话来是那么让他开心，因为他爱她。现在他不再爱她，她的话只会令他厌烦。这让她感到万分羞辱。

她看了看他。灯光照出他的侧影，宛如一尊浮雕。他匀称而棱角分明的五官非常醒目，但这面孔不仅是严肃，更可说是冷酷。他的整个身体固定不动，只有眼睛在研读书页时稍有移动，隐隐让人感到害怕。谁能想到这张硬邦邦的脸会被激情融化，露出那样温柔的一种表情？她是记得的，这在她心里激起一阵厌恶。很奇怪，尽管他长得好看，又诚实可靠、颇有才华，但就是不能让她爱上他。从此她再也不必忍受他的抚爱，这倒是一种解脱。

问他当初强迫她来这儿是不是真想杀了她时，他不想回答。这一谜团吸引着她，同时又让她感到恐怖。他的心地如此善良，很难相信他会有这种歹念。他提这个建议肯定只是吓唬吓唬她，也是报复查理（这符合他那讽刺而幽默的个性），后来出于固执或是害怕让人笑话，才一直坚持到底，让她来这儿的。

他说他瞧不起自己，这话是什么意思？凯蒂又一次看了看那张平静而冷漠的脸，他竟丝毫意识不到她的存在。

“你为什么要瞧不起自己？”她问，几乎没有觉察自己开了口，仿佛仍在继续先前的对话。

他放下书，打量着她，似乎在把自己的思绪从遥远的地方收回来。

“因为我爱你。”

她脸一红，眼睛看向别处。她无法忍受他那种阴冷、稳定、评判一般的目光。她明白了他的意思，稍稍过了一会儿，她才答话。

“我认为你这样待我不公平，”她说，“因为我愚蠢、轻浮、庸俗而指责我，这并不公平。我就是这样长大的，所有我认识的女孩子都这样……这就像指责一个没有音乐鉴赏力的人，因为他觉得听交响音乐会无聊。只因你归咎于我所不具备的品质就指责我，这公平吗？我从来没想欺骗你，伪装成任何别的样子。我只是漂亮，快快乐乐。你不会去集市的货摊上买珍珠项链和貂皮大衣，你要买的不过是锡铁喇叭和玩具气球。”

“我不指责你。”

他的声音很疲倦，令她有些烦躁。与笼罩在他们头上的死亡恐惧相比，与白天她得以一窥、让她敬畏的至善至美相比，他们之间的那点儿事情实在不值一提。这一切在她眼前突然变得如此清晰，为何他就偏偏意识不到？一个愚蠢的女人犯下通奸之过真的有那么要紧吗？为什么她那位与崇高相伴的丈夫要去在意这些呢？沃尔特明明百般聪明，却无法分清孰轻孰重。因为他给一个布娃娃装扮了华丽的长袍，把它安置在圣殿里供奉起来，随后发现布娃娃里面填充了锯末，他便无法宽恕自己，也不能宽恕她。他的灵魂撕裂了，他一直活在一种虚假的构想之中，当真相击碎了幻象，他便认为现实本身也被击碎了。这一点千真万确，他不会原谅她，因为他无法原谅自己。

她似乎听到他发出一声幽幽的叹息，立刻朝他看去。冷不丁有个念头攫住了她，让她屏住了呼吸，几乎忍不住叫出声来。

他所经受的，难道就是人们所谓的——伤心欲绝？

48

第二天，凯蒂一整天都在想着修道院的事情。隔天早上，沃尔特刚走不久，她就早早带着阿妈坐上轿子，过河去对岸。天刚放亮，渡船上挤满了中国人，有些是身着蓝布衣服的农民，还有穿着体面的黑色长袍的上等人，一个个面色异样，就像被载着前往阴曹地府的亡灵。登上岸后，他们游移不定地在码头上站了一会儿，好像不知道该往哪里去，随后才三三两两往山上漫散而去。

这个时辰的城市街巷空空荡荡，比任何时候都更像一座死城。路人一个个神色迷离，不禁让人怀疑他们全都是鬼魂。天空晴朗无云，初升的太阳将圣洁和煦的光芒洒满大地。很难想象，在这个愉悦、清新、爽朗的黎明，这座城市却像被疯子一手扼住咽喉的人，在瘟疫的黑暗掌控下苟延残喘。不可思议的是，当人类在痛苦挣扎、在恐惧中走向死亡时，大自然（蓝色的天空如孩童的心一般清澈）竟会如此无动于衷。两台轿子在修道院门口放下，一个乞丐从地上爬起来，向凯蒂讨要施舍。他穿着褴褛褪色的脏衣服，那衣服就像是他从垃圾堆里扒出来的，透过上面的裂口，能看到他的皮肤坚硬粗糙，像鞣制的山羊皮。他赤裸的两腿枯瘦如柴，头上盖着粗硬的灰发，两颊凹陷，眼神狂乱，简直就是一个疯子。凯蒂吓得连忙转过身去，轿夫粗鲁地嚷着让他滚开，但他却死缠着不走。为了把他打发掉，凯蒂哆哆嗦嗦给了他几块钱。

门开了，阿妈解释说凯蒂希望见院长嬷嬷。她再次被带进那间憋闷的会客室，里面的窗户似乎从来没打开过，而她在这儿坐了很久，不禁让人怀疑她的消息并没有送到。终于，院长嬷嬷走了进来。

“恳请你谅解，你久等了。”她说，“我没想到你会来，正忙得脱不开身。”

“请原谅我打扰您，恐怕我正好赶在不方便的时候。”

院长嬷嬷朝她严肃而又亲切地笑了笑，请她坐下。凯蒂看到她的眼睛肿了，她刚哭过。凯蒂吃了一惊，因为在她对院长嬷嬷的印象中，这位女性不太会为尘世的烦恼所动。

“恐怕是发生了什么事情吧，”她支吾着，“您觉得我是不是先回去？我可以改日再来。”

“不，不必，需要我做什么尽管告诉我。只是……只是我们一位姐妹昨晚去世了。”她的声音不再平和，眼里充满了泪水。“我实在不该这样悲伤，因为我知道她善良朴实的灵魂已经飞升天堂，她是位圣人。但人总是难以克制自己的弱点，恐怕我还做不到一直保持理智。”

“我很遗憾，我感到非常非常遗憾。”凯蒂说。

她的同情心一触即发，声音开始呜咽起来。

“她是十年前随我一起离开法国的姐妹之一，现在只剩下我们三个人了。我还记得驶出马赛港口时，我们这一小伙人站在船艉，望着圣母玛利亚的金色雕像一起祈祷。自从我入教以来，最大的心愿就是能够到中国来。但是当我看到故土渐渐远去，就禁不住流下眼泪。我是她们的院长，给我的孩子们做了不太好的榜样。当时，圣弗朗西斯·泽维尔修女——也就是昨晚去世的那位姐妹——拉着我的手，劝我不要悲伤。她说，无论我们在哪儿，都与法国同在，与上帝同在。”

源自人类本性的痛苦，加上她竭力克制着理智和信仰所不容许的眼泪，让那张严肃而美丽的脸孔变得扭曲。凯蒂眼睛看着别处，觉得窥探这种内心的挣扎很是失礼。

“我一直在给她的父亲写信。她和我一样，都是母亲唯一的女儿。他们是布列塔尼的渔民，这对他们来说太难承受了。唉，这可怕的疫病什么时候才能过去呢？我们有两个女孩今天早上发病了，除非出现奇迹，否则什么也挽救不了她们，这些中国人都没什么抵抗力。失去圣弗朗西斯修女对我们来说太惨重了，有那么多的事情要做，现在就更缺人手了。在中国其他地方的修道院有不少修女，她们都很想来这儿。我们所有神职人员，我相信，为了到这儿来，都愿意放弃任何东西——不过她们什么都没有——但来这儿几乎就是送死，所以只要这儿的姐妹们能应付下去，我就不愿意让别人再做出牺牲。”

“这让我很受鼓舞，院长嬷嬷，”凯蒂说，“我一直觉得自己是在一个很不幸的时刻来这儿的。那天您说这里的工作多得修女们做不完，所以我就想，不知您能不能让我来这儿帮帮她们。我不介意让我做什么，只要能帮上忙就行。就算您让我去擦洗地板，我也会感激不尽。”

院长嬷嬷愉快地笑了笑，这多变的性情让凯蒂大为吃惊，不费吹灰之力便从一种心境换成另一种。

“没必要去擦洗地板，这种活儿那些孤儿就能凑合干了。”她停顿了一下，亲切地看着凯蒂，“我亲爱的孩子，你不觉得能陪你丈夫来这儿就已经做得够多了？很多妻子都没有这份勇气，至于其他的事情，怎么比得上你在他忙了一天回到家后送上一份安静和舒适？相信我，那时候他需要你全部的爱和体贴。”

凯蒂觉得很难正视她投来的目光，那超然的审视中夹杂着稍显讽刺的仁慈。

“我从早到晚都无所事事。”凯蒂说，“我觉得这里有这么多事情要做，一想到自己闲着就坐立不安。我不想惹人讨厌，也知道我既无权强求您的好意，也不该占用您的时间，但我说的都是真话，若是您能让我给你们帮点儿忙，就是对我施恩行善了。”

“你看上去也不太结实，前天你赏光来这儿看我们的时候，我发现你脸色很苍白，圣约瑟修女以为你有孩子了。”

“没有，没有。”凯蒂叫道，脸一下子红到了耳根。

院长嬷嬷清脆地笑了几声。“这没什么好害羞的，我亲爱的孩子，这种推测也并非没有可能。你们结婚多久了？”

“显得苍白是因为我天生就这样，但身体很结实，而且我向您保证我什么活都不怕。”

现在院长完全控制住自己，她无意中表现出惯有的权威仪态，细细审视着凯蒂。凯蒂感到一阵莫名的紧张。

“你能说中国话吗？”

“恐怕说不了。”凯蒂回答说。

“哦，这太遗憾了。我本来打算让你去照顾那些大一点儿的女孩子，现在可难办了，我担心她们会——怎么说来着？失控？”她用试探的口吻作出结论。

“我不能去帮着修女们做护理吗？我一点儿也不害怕霍乱，可以去护理女孩子或者士兵。”

院长嬷嬷现在不笑了，带着沉思的神情摇了摇头。

“你不知道霍乱是怎么回事，它非常可怕。医疗室的工作都是士兵们做的，我们只派一个修女在那儿监督。至于那些女孩子……不，不，我相信你丈夫不会愿意的。那种景象实在是太凄惨、太可怕了。”

“我会慢慢习惯的。”

“不，我不可能让你干这个。这是我们的分内事，我们有特权做这种工作，不需要你去。”

“您让我感到自己毫无用处、不可救药，很难相信这里竟然没有任何我能做的工作。”

“跟你丈夫说过这个愿望吗？”

“是的。”

院长嬷嬷看着她，仿佛在探究她内心深处的秘密。但看到凯蒂那焦虑和恳求的样子，便又露出笑意。

“想必你是新教徒吧？”她问。

“是的。”

“不要紧。沃森医生，就是那位死去的传教士，他就是位新教徒，这没什么关系。他待我们简直太好了，我们对他怀有深深的感激之情。”

这时，一丝微笑在凯蒂的脸上闪过，但她没说话。院长嬷嬷像在思索着什么，站起身来。

“你真是太好了，我想我能找到点儿事情让你做。圣弗朗西斯修女现在离开了我们，我们真的应付不过来这些工作，你准备什么时候开始？”

“现在。”

“A la bonne heure（太好了），我很高兴听你这么说。”

“我向您保证我会竭尽全力。我很感激您给我这个机会。”

院长嬷嬷打开会客室的门，正要出去的时候又犹豫了一下。她再次将锐利、机敏的目光久久落在凯蒂身上，随后把手轻轻放在她的胳膊上。

“你知道，我亲爱的孩子，无论在工作还是娱乐中，也无论在尘世还是修道院，一个人都无法找到安宁，安宁只存在于人的灵魂中。”

凯蒂愣了一下，但院长嬷嬷已经走了出去。

49

凯蒂发觉工作让她的精神焕发出活力。每天太阳刚一升起，她就来到修道院，一直待到夕阳西下，金光铺洒在狭窄的河道和密匝匝的帆船上，她才返回平房。院长嬷嬷让她照料年纪较小的孩子。凯蒂的母亲把料理家务的一套本事从自己家乡利物浦带到伦敦，凯蒂尽管生性轻佻，却也承袭了相当的禀赋，但提起这些她总是一副自嘲的腔调。她厨艺不错，缝缝补补也是一把好手。这份才干一旦显露出来，她便立刻被调去监管那些做缝纫、拼缀的女孩子。她们能听懂一点儿法语，她也每天都学上几句中国话，因此这工作对她来说不难应付。在其他时候，她还得去照看更小的孩子，免得他们调皮捣蛋。她要给他们穿衣服、脱衣服，该睡觉的时候就照顾他们睡觉。这里有不少小孩子，由几个阿妈照看着，但也吩咐她留意关照。这些事情没有一样是特别重要的，她情愿做些更费力的差事，可院长嬷嬷并不理会她的恳求，凯蒂对她深感敬畏，没再去纠缠。

最初几天她必须想办法克服对那些小女孩轻微的反感，她们的头发又硬又黑，黄色的圆脸上瞪着刺李子一般乌黑的眼珠，一个个穿着丑陋的制服。但她想起院长嬷嬷在她第一次造访修道院时，身边围着那些丑陋的小东西，温柔的表情让面容都变得那般美好，她便决计不向自己的本能屈服。不久，她就能把这个和那个因为跌倒或者正在长牙而哭个不停的小东西抱在怀里。她发现温柔地说几句话（尽管孩子听不懂她的语言）、搂抱一下、用自己柔软的面颊贴紧那哭泣的小黄脸，都可以起到安慰和舒缓作用，这也渐渐打消了那种陌生的感觉。孩子们也不再怕她，每每遇到幼稚的小麻烦就来找她，看到他们信任自己，她便体会到一种奇特的幸福感。那些跟她学针线活的大孩子们也是这样，她教她们针线活。她们明亮而聪颖的笑容、片言只语的赞美带给她们的快乐，都让她深受感动。凯蒂觉得她们喜欢她，心里既得意又自豪，反过来也喜欢她们。

不过有一个孩子她怎么也无法习惯。那是一个六岁的小姑娘，因为患上脑积水成了白痴，大脑袋加上矮小的身子让她显得头重脚轻，摇摇摆摆，一双大眼睛里空无一物，嘴巴流着涎水。这个小生灵总在嘶哑地嘟囔着什么，让人既讨厌又害怕。不知因为什么，这个傻东西对凯蒂产生了一种依恋。偌大的屋子里，不管她走到哪儿，白痴都跟着她，死死抓住她的裙子，把脸紧贴在她的膝盖上，还想去抚弄她的手。她厌恶得直哆嗦，知道这小东西渴望爱抚，可她就是下不了决心。

有一次，她跟圣约瑟修女谈起这个孩子，她说这小东西活得实在太可怜了。圣约瑟修女微微一笑，朝这个不幸的小东西伸出手去。她走了过来，胀鼓鼓的额头在修女的手上来回蹭着。

“可怜的小家伙，”修女说，“她被送到这儿的时候马上就要死了。上帝发了慈悲，当时我正好站在门口，一刻也不敢耽搁，马上就给她施洗。你都不相信我们费了多大力气才保住了她的性命，有三四次，我们都以为她小小的灵魂就要升天了。”

凯蒂沉默着。圣约瑟修女能说会道，接着又聊起了别的事情。第二天，那个白痴孩子来到她跟前，摸她的手，凯蒂横下心来，爱抚地把手放在那光秃秃的大脑壳上，勉强挤出一丝微笑。但是，突然之间，那乖戾无常的孩子离开了她，好像对她失去了兴趣，那天和随后的一整天都没再理睬她。凯蒂不知道自己做错了什么，又是微笑又是做手势，想把她吸引过来，但她背过身去，假装没看见。

50

修女们从早忙到晚，事情多得做不完。除了在那间很简陋的空礼拜堂做礼拜以外，凯蒂很少见到她们。在她来这儿第一天，院长嬷嬷见她坐在那些按年龄列坐在长凳上的女孩们后面，便停下来跟她说话。

“我们来礼拜堂做礼拜的时候，你不必觉得非来不可。”她说，“你是新教徒，有自己的信仰。”

“但我愿意来这儿，院长嬷嬷。这儿让我感到安心。”

院长嬷嬷看了他一会儿，严肃地微微颔首，“你当然可以按自己的意愿去做，我只是想让你明白，你没有这项义务。”

凯蒂跟圣约瑟修女之间很快变得熟稔起来，尽管两人的关系或许算不上亲密。修道院的积蓄都由这位修女来掌管，为了操持这个大家庭的康乐福祉，她整天忙个不停，只有在专心祷告的时候才能休息一会儿。但是，傍晚凯蒂跟女孩子们一起干活那会儿，她很喜欢走进门来，发誓说她已精疲力竭，忙得连一点儿空闲都没有，需要坐下来聊上几分钟。要是院长嬷嬷不在跟前，她会变成一个健谈而快活的人，爱开玩笑，对流言蜚语也不乏兴趣。凯蒂在她面前一点儿也不局促，修道装束并不妨碍圣约瑟修女那和善、朴实妇女的天性，她欢快地唠叨着。凯蒂不在乎跟她说的法语有多么糟糕，两人还会就凯蒂的错误开怀大笑。修女每天会教凯蒂几句常用的中国话。她是个农民的女儿，骨子里仍然是个农民。

“我小的时候放过牛，”她说，“就像圣女贞德那样。但我这个人太爱捣蛋，不可能看见显圣。这算我走运，我想，要是我真看见了，我父亲肯定得拿鞭子抽我。那个好老头经常用鞭子抽我，因为我实在太调皮了。有时候想起曾经鼓捣的那些恶作剧，我都感到害臊。”

一想到这个肥胖的中年修女从前竟也是个胡作非为的孩子，凯蒂便哈哈笑了起来。不过现在她身上还留着一丝孩子气，让你有心去接近她：她周身似乎带着秋日乡野的芬芳，苹果树上挂满果实，庄稼已经安然入仓。她没有院长嬷嬷那种悲剧、严肃的圣人气质，而是快快乐乐，简单幸福。

“你从来没想过回家吗，ma soeur（我的姐妹）？”凯蒂问道。

“哦，没有，回去实在太难了。我喜欢待在这儿，跟孤儿们在一起让我感到前所未有的愉快。他们太好了，很知道感激。做一个修女是 on a beau être religieuse（一件很美好的事情），尽管一个人有自己的母亲，不能忘记从她的乳房吸吮过乳汁。她已经老了，我是说我的母亲，不能再见到她也让人难过。好在她很喜欢她的儿媳，我哥哥对她很好。他的儿子快成大人了，我估计农场不久就会多一个强有力的帮手，他们会高兴的。我离开法国的时候他还很小，不过看他的那双手，将来一定能放倒一头公牛。”

在这个安静的房间里听修女说着话，几乎难以意识到霍乱正在四壁之外疯狂蔓延。圣约瑟修女对此漠然处之，这种态度也传染给了凯蒂。

她对世界上各地的居民抱有天真的好奇心，向凯蒂提了不少问题，关于伦敦、关于英国。她想象英国是一个浓雾弥漫的国家，甚至连中午都伸手不见五指。她还想知道凯蒂去不去舞会跳舞，是否住在一栋豪华的房子里，她有多少兄弟姐妹。她经常谈及沃尔特，院长嬷嬷说他很了不起，她们每天都为他祈祷。凯蒂能有一位如此善良、勇敢、聪明的丈夫，该是多么幸运啊。

51

不过圣约瑟修女迟早会把话题拉回院长嬷嬷身上。凯蒂从一开始就意识到这位女性的人格主宰着整座修道院，她无疑受到驻留此地的人的爱戴、钦佩、敬畏，甚至还有惧怕。尽管她待人十分亲切，但在她面前，凯蒂觉得自己就像个女学生。跟她在一起，凯蒂从来不感到轻松自在，因为心里充满了一种陌生的感情——敬畏，让她始终局促不安。圣约瑟修女性格坦率，急于打动凯蒂，告诉她院长嬷嬷的家族是多么伟大：她的祖先里有人彪炳青史，她本人跟欧洲半数的国王是 un peu cousine（表亲关系），西班牙国王阿方索曾在她父亲的庄园打猎，他们家族的 châteaux（城堡）遍布法国各地。离开如此高贵的生活是很难的。凯蒂面带微笑听着，内心被深深打动了。

“Du reste（事实上），你只要看她一眼，就能看出她 comme famille， c'est le dessus du panier（出自名门望族）。”修女说。

“她那双手是我所见过最美的。”凯蒂说。

“啊，不过你要知道她是怎么使用那双手的。她什么活儿都干，notre bonne mère（我们的好院长）。”

刚来这座城市时，这里什么都没有，是她们亲手建起了修道院。院长嬷嬷设计了蓝图，又亲自监督施工。自从到达的那一刻，她们就开始从“婴儿塔”和残忍的接生婆手里拯救那些可怜巴巴、没人要的女婴。一开始她们连睡觉的床铺都没有，窗子上也没有玻璃，无法挡住夜晚的风（“那种空气没有任何好处，”圣约瑟修女说，“只对身体有害。”）。她们常常身无分文，不光是付不出建房的工资，就连自己简单的餐食都无钱应付。她们过得跟农民似的，她是怎么说的？法国的农民，那些给她父亲干活的人，见了她们吃的那些东西都会直接扔去喂猪。这时，院长嬷嬷把她的女儿们叫到自己身边，她们跪下来祈祷。随后，圣母玛利亚就送钱来了。第二天就有一千法郎从邮局寄来，要不就是她们还跪在地上的时候，来了个陌生人——英国人（还是个新教徒，如果这让你高兴的话）或者中国人来敲门，给她们送来礼物。有一次也是这样身处困境，她们就向圣母起誓，如果她来接济，她们就为她背诵《九日经》以表敬意。

“你能相信吗？那位好笑的沃丁顿先生第二天就来看我们了，他说我们一个个看上去都想要一盘烤牛肉，就给了我们一百美元。

“多么惹人发笑的小男人啊，他那光秃秃的脑袋、ses petits yeux malins（精明的小眼睛），还有他说的那些笑话。Mon Dieu（我的上帝），他简直是在糟蹋法语，可你就是忍不住让他逗笑。他总是那么风趣，身处这场可怕的疫病之中，他始终像在度假一样。他的心性还有智慧都相当法国化，难以置信他是英国人——除了他的口音。有时我认为他是有意说错，就是为了逗你笑。当然，道德上就不能对他求全责备了，但那是他自己的事（叹了口气，一耸肩，摇摇头）。他是个单身汉嘛，又是个年轻人。”

“他在道德上有什么问题吗，我的姐妹？”凯蒂微笑着问。

“难道你不知道吗？我要是告诉你，就等于犯下了罪过，我不该说这种事情。他跟一个中国女人同居，确切说，是一个满族女人，好像还是位公主，她爱他爱得发疯。”

“听上去不太可能啊。”凯蒂叫道。

“是，就是的。我向你保证，这件事千真万确。他这是非常邪恶的罪过，这种事情是绝不该做的。你没听见吗？你第一次来修道院的时候，他不吃我特意做的玛德琳蛋糕，notre bonne mère（我们的嬷嬷）说他的胃口被满族人的饭菜弄乱套了。她指的就是这件事，你应该也看见他做了个鬼脸。这个故事说来十分离奇，好像当年闹革命的时候他正驻扎在汉口。到处在屠杀满人，这个好心的小沃丁顿救下了一个大家族的性命，他们跟皇家沾亲带故。那女孩发疯一般爱上了他——好了，其余的事情你也猜得到。后来他离开汉口的时候，她便逃出家门跟着他。现在无论他去哪儿她都跟着，他也只好收留她，可怜的家伙，我敢说他很喜欢她。她们是很迷人的，那些满族女人。唉，我这是怎么了，一大堆事情等着我呢，可我却在这儿坐着。我不是个好教徒，我真为自己害臊。”

52

凯蒂有种奇怪的感觉，似乎自己正在成长。一刻不停的忙碌分散了她的心思，窥见他人的生活、他人的视界唤醒了她的想象。她开始恢复元气，变得更舒心、更强壮了。她曾一直以为自己什么都干不了，只会哭泣，但让她吃惊，甚至感到困惑的是，她发现自己时常会因为一点小事笑起来，渐渐觉得生活在可怕的疫病中心是件十分自然的事情。她知道自己周围有人正挣扎在死亡线上，但她已经不再去多想这些。院长嬷嬷禁止她进入医疗室，那一扇扇紧闭的房门又惹起了她的好奇。她真想偷偷往里面看一眼，可这样做难免被人发现，也不知道院长嬷嬷会怎么处罚她，要是被从这儿赶出去就太糟糕了。现在她一心照顾那些孩子，如果她走了，他们会想她的。事实上，她不知道如果没有她的话，孩子们该怎么办。

有一天，她突然发现自己有一个礼拜都没想过查尔斯·汤森了，夜里也没梦见过他。她感到自己的心在胸膛里狂跳，她痊愈了。她现在再想起他，已经无所谓了，她已不再爱他。哦，她真的摆脱了，这真是一种解放啊！回想当初她是如何充满激情地渴念着他，简直太奇怪了。他甩了她的时候，她以为自己就要活不下去，以为生活从此除了痛苦就什么都没有了。而现在她已经笑声连连，真是个分文不值的东西。她竟然让自己变得那么愚蠢！现在冷静下来想想他，真不知道自己到底看上了他哪一点。幸好沃丁顿对此一无所知，她可忍受不了他那刻毒的眼神，那含沙射影的挖苦讽刺。她自由了，终于得到了自由，自由！她几乎忍不住要放声大笑。

孩子们闹哄哄地玩着游戏，她通常都带着溺爱的笑容在一旁观看，如果吵得太厉害就走过去制止，照看他们不要胡作非为，弄伤了哪一个。但现在她兴高采烈，觉得自己也像个小孩子，跟她们一样大，加入到游戏当中。小女孩们高兴地接纳她，她们在屋子里追来赶去，扯开嗓门尖声喊叫，欢天喜地发了疯一般，一个个兴奋得直蹦高，吵闹声大得吓人。

突然，门开了，院长嬷嬷站在门口。凯蒂一脸羞愧，从十几个抓着她尖声狂叫的小女孩手中挣脱出来。

“你就是用这种方法让孩子们规规矩矩、保持安静的吗？”院长嬷嬷问道，嘴角带着一丝微笑。

“我们在做游戏，院长嬷嬷，孩子们玩得太高兴了。是我的错，我让她们不管不顾的。”

院长嬷嬷走上前来，孩子们像往常一样围住了她。她把手放在她们窄窄的肩膀上，开玩笑地揪着她们的小黄耳朵。她用温和的目光久久地看着凯蒂，凯蒂的脸红了，呼吸也急促起来，清澈的双眼忽闪着光，漂亮的头发在嬉闹之间散乱下来，那乱蓬蓬的样子十分可爱。

“Que vous être belle, ma chère enfant.（你太漂亮了，我亲爱的孩子。）”院长嬷嬷说，“看着你就让人心里欢喜，难怪这些孩子喜欢你。”

凯蒂的脸羞得通红，不知道为什么，她眼里一下子溢满了泪水，连忙用手捂住自己的脸。

“哦，院长嬷嬷，你太让我不好意思了。”

“别犯傻了，美貌也是上帝的赐予，是最稀有、最珍贵的礼物。如果幸而拥有，我们应该心怀感激；如果我们没有，也要感谢他人拥有的美貌让我们获得了愉悦。”

院长嬷嬷又笑了笑，就像凯蒂也是个孩子一样，轻轻拍了拍她柔润的脸颊。

53

自从去修道院工作，凯蒂就很少见到沃丁顿了。有两三次他下到河岸迎接她，两人一道走上山去。他进来喝一杯威士忌加苏打水，但难得留下来吃饭。不过，有一个礼拜天他提议他们带着午餐，坐上轿子去一座佛教寺院。寺院在城外十英里的地方，是远近闻名的朝圣之地。院长嬷嬷坚持给凯蒂一天的休息时间，不让她在礼拜天工作，而沃尔特自然还像平时那样忙碌。

为了赶在正午酷暑之前到达，他们早早出发，坐上轿子沿着稻田间一条狭窄的田埂前行。不时经过几座舒适温馨的农舍，亲密依傍在竹林深处。凯蒂乐得这份悠闲自在，在城里关了这么久，如今放眼周遭开阔的乡野，让她感到十分愉快。寺院出现在眼前，那是散布在河边的几座低矮建筑，欣然掩映在一片树阴之中。满脸堆笑的僧人们引着他们穿过空寂肃穆的庭院，观看一座座供奉着怪相百出的神祇的殿堂。内殿里安坐着佛陀，孤高而又悲愁，若有所思，超然物外，带着淡淡的笑意。这里到处弥散着一种颓败之气，华丽壮观的外表早已失修损毁。神像上面布满尘土，创造它们的信念也濒于寂灭。僧人们似乎勉强被容留在这儿，就好像在等待搬离此地的通告。那方丈彬彬有礼，笑容中带着一种听天由命的嘲讽。不日之内，这些僧人就会离开这片惬意、庇荫的树林，这一座座摇摇欲坠、无人照管的房舍便会被风暴吞噬，让周围的大自然包围起来。野生的蔓草会缠上那一尊尊被遗弃的神像，庭院里会长出树木。而后，神便不再居留此地，留下的只有黑暗的邪灵。

54

他们坐在一幢小房子前的台阶上（四根上漆的柱子，高高的瓦屋顶下挂着一只巨大的铜钟），望着迟滞的河水曲曲弯弯流向灾难侵袭的城市，还有那雉堞状的城墙。酷热像棺布一样罩在城市的上空，而那河水，尽管流得那般缓慢，却仍然带着动势，使你油然升起一种世事无常的忧伤。一切都过去了，它们又会留下什么痕迹？凯蒂觉得，所有的人，乃至整个人类，就如同这条河里的水滴一样，流淌不定，一滴滴彼此接近，却又相距遥远，汇成一股无名的巨流奔向大海。既然一切转瞬即逝，任何事物都无关宏旨，人们竟还要荒唐地看重那些微不足道的事情，让自己也让别人遭受不幸，这实在太可悲了。

“你知道哈林顿花园吗？”她问沃丁顿，美丽的双眼充满笑意。

“不知道，怎么？”

“没什么。离这儿太远了，我的家人住在那儿。”

“你想回家了吗？”

“没有。”

“我想，再过两个月你就能回去了。瘟疫似乎有所缓和，等天气凉下来，一切也就结束了。”

“我都不想走了。”

有那么一刻她想到了将来。她不知道沃尔特心里有什么打算，他什么都没跟她说，始终冷静、礼貌、沉默，高深莫测。小小的两滴水随着河流默默流向未知，这两滴水相对而言是那样独特，但在旁观者的眼里，不过是河流中无法辨识的组成部分。

“当心那些修女让你改变信仰。”沃丁顿不怀好意地笑了笑。

“她们忙得顾不上这个。再说，她们也不在乎。她们那么好，那么善良。不过——我不知该怎么解释——她们跟我之间立着一堵墙，我不知道那到底是什么，就好像她们拥有一个秘密，能让生命全然不同，但我又不配分享。不是信念，是某种更深、更重大的东西。她们行走在一个不同于我们的世界，对她们来说我们永远是陌生人。每天修道院的门在我身后关上，我都觉得对她们来说，我便不复存在了。”

“我能理解，这对你的虚荣心多少是个打击。”他嘲弄地回应道。

“我的虚荣心。”凯蒂耸了耸肩膀，随后又笑了笑，懒洋洋地朝向他。

“你为什么一直不告诉我你跟一个满族公主住在一起？”

“那些爱嚼舌头的老女人都跟你说了些什么？我敢打赌，对修女来说，讨论一个海关官员的私事是种罪过。”

“你怎么会如此神经过敏？”

沃丁顿垂下眼睛，朝一边看去，一副诡秘的样子。然后他轻轻耸了耸肩膀。

“这不是该到处张扬的事情，我不知道这能否大大增加我的晋升机会。”

“你很喜欢她？”

这时他抬起头来，那张难看的小脸上露出淘气的小学生一般的表情。

“她为了我放弃了一切，她的家、她的亲人、安稳的生活和她的自尊。自从她抛掉一切跟着我，已经过去好多年了。有两三次我把她打发回去，但她总是会回来。我自己也从她身边溜走过，但她始终跟着我。现在我也不干这种白费力气的事儿了，我估计只得忍着跟她度过余生了。”

“她一定爱你爱得发狂。”

“这是一种相当奇特的感情，你知道。”他回答说，皱着眉头，一脸困惑，“我没有一丁点儿的怀疑，如果我真的离开她，毅然决然，她就会自杀。不是因为对我怀恨，而是这么做是很自然的事，因为她没有我就不愿意再活下去。认识到这一点让人产生一种奇特的感觉，这无法不使你感到其中的某种意义。”

“但是，重要的是去爱，而不是被爱。一个人甚至都不会感激爱他的那些人。如果这个人不爱他们，他们只会让他觉得厌烦。”

“‘复数’的那种经历我没有过，”他回答说，“我的经历只在‘单数’的一个人。”

“她真的是位皇家公主吗？”

“不，那是修女们浪漫的夸张。她出自满族的一大家族，当然，他们被革命毁灭了。不过再怎么说，她都是位高贵的淑女。”

他说话的语气很是自豪，凯蒂嘴角闪过一丝微笑。

“这么说，你要在这儿待一辈子了？”

“在中国？是的。她去别的地方可怎么活呢？等我退休了，我就在北京买一处小房子，在那儿度过余生。”

“你们有孩子吗？”

“没有。”

她好奇地看着他。真怪啊，这个长着一张猴脸的秃头小男人，竟激发了一个外族女人如此令人钦佩的爱情。尽管他说起她来漫不经心，措辞轻慢无礼，但凯蒂弄不清为何仍然有一种强烈的印象：那个女人一心一意、执着而独特地倾心于他。这让她有些迷惑不解。

“这里恐怕离哈林顿花园太远了。”她笑道。

“为什么这么说？”

“我又明白什么呢，生命是那么奇特。我觉得自己就像个一辈子都住在小池塘边上的人，突然间看见了大海，让我有点喘不过气来，但心里又充满了喜悦。我不想死，想活下去，于是感到一股新的勇气。我就好像那些老水手，起航驶向尚未发现的海洋，我的灵魂渴求未知的一切。”

沃丁顿沉思般看着她，她游离的目光落在平展的河面上。小小的两滴水默默地、默默地流向那黑暗、永恒的大海。

“我可以去看看满族小姐吗？”凯蒂抬起头，突然问道。

“她一句英语也不会说。”

“你一直对我很好，为我做了那么多事情，或许我可以用礼貌的方式向她表达友好之情。”

沃丁顿投来一丝嘲弄的微笑，他的回答倒是十分痛快。

“哪天我过去接你，她会给你端上一杯茉莉花茶。”

她不打算向他透露，这段异族恋情从一开始就令她着迷，满族公主现在成了某种象征，隐约却又执着地召唤着她，为她指向一片神秘的精神居所。

55

一两天后发生了一件让凯蒂预料不到的事情。

她像往常一样来到修道院，着手一天中的头一件事情：照看孩子们洗脸穿衣。由于修女们坚持认为夜晚的空气有害，宿舍里的气息沉闷难闻。从清晨的新鲜空气中走进来，凯蒂总觉得有点不舒服，马上去把窗户打开。但今天她突然感到难受，天旋地转一阵头晕，只得站在窗边，勉强让自己镇定下来。她感觉从来没这么糟糕过。接着，一阵恶心使她呕吐起来。她的叫喊把孩子们吓坏了，给她帮忙的那个大点儿的女孩跑上前来，见凯蒂一脸惨白，浑身哆嗦，一声惊呼愣在原地。霍乱！这念头从凯蒂的脑子里一闪而过，接着，一种将死的感觉朝她压了下来。她被恐惧攫住了，挣扎了一会儿，抵抗那让人无法忍受的恶魔，它似乎顺着她的血管流遍周身。她难受得要命，随即眼前一黑。

等她睁开眼睛，一时不知自己身在何处。她好像躺在地板上，微微动了动头，发觉下面垫着一个枕头，她什么都记不得了。院长嬷嬷跪在她身边，拿着嗅盐凑近她的鼻子，圣约瑟修女站在那儿看着她。随后，那个可怕的念头又回来了，霍乱！她看到修女们一脸惊惶。圣约瑟修女显得十分高大，轮廓模糊不清，恐怖再次吞没了她。

“啊，嬷嬷，嬷嬷，”她抽泣着说，“我是不是要死了？我不想死。”

“你当然不会死的。”院长嬷嬷说。

她很是沉着镇定，两眼中甚至带着点儿喜悦。

“但这可是霍乱啊。沃尔特在哪儿？有人去叫他了吗？哦，嬷嬷，嬷嬷。”

她一下子泪如泉涌。院长嬷嬷伸过一只手，凯蒂立刻抓住它，像抓住了救命稻草。

“好啦，好啦，我亲爱的孩子，你不该这么糊涂。这不是霍乱，也不是别的什么病。”

“沃尔特在哪儿？”

“你丈夫实在太忙了，不好去打搅他。再过五分钟你就没事了。”

凯蒂用疲惫的眼神盯着她，她怎么会这样处之泰然？这太残忍了。

“安安静静躺上一会儿，”院长嬷嬷说，“你什么也不用担心。”

凯蒂觉得她的心发疯般地狂跳，她已经完全习惯一天到晚想着霍乱的事情，以至于觉得自己根本不可能染上。唉，她实在太愚蠢了！知道自己就要死了，她很害怕。女孩子们搬来一把藤条长椅摆在窗边。

“来吧，我们抬你起来，”院长嬷嬷说。“你在 chaise longue（藤椅）上会更舒服些。你觉得现在能站起来吗？”

她把两手伸到凯蒂的腋下，抬起她来，圣约瑟修女扶着她站稳，她有气无力地倒在椅子上。

“我最好把窗户关上，”圣约瑟修女说，“清晨的空气对她没有好处。”

“别、别关，”凯蒂说，“就让它开着吧。”

蓝色的天空增强了她的信心。她受了惊吓，但现在感觉明显好多了。两位修女默默看了她一会儿，圣约瑟修女对院长嬷嬷说了句什么，凯蒂没有听懂。随后，院长嬷嬷在长椅旁边坐下，拉着她的手。

“听我说，ma chère enfant（我亲爱的孩子）……”

她问了一两个问题，凯蒂回答了，不知道问这些是什么意思——她的嘴唇颤抖着，几乎语不成句。

“这就没什么疑问了，”圣约瑟修女说，“这种事情骗不过我的眼睛。”

她轻轻笑了几声，凯蒂仿佛看出她有些激动，显出十分关爱的样子。院长嬷嬷依然握着凯蒂的手，一脸温柔的笑意。

“圣约瑟修女在这件事情上比我有经验，亲爱的孩子，她马上就告诉你这是怎么回事，她的判断显然很准确。”

“这是什么意思？”凯蒂焦急地问。

“很明显，难道你从来没想过会出现这种情况吗？你怀了孩子，我亲爱的。”

她猛地一惊，从头到脚一阵战栗。她双脚落到地上，像是要跳起来似的。

“躺着别动，躺着别动。”院长嬷嬷说。

凯蒂觉得自己的脸腾地红了，把两手捂在胸口上。

“这不可能，这不是真的。”

“Qu'est ce qu'elle dit?（她说什么？）”圣约瑟修女问。

院长嬷嬷翻译给她，圣约瑟修女那张宽阔朴实的脸上笑意盈盈，红扑扑的脸颊放着光。

“不可能弄错的，我可以拿人格担保。”

“你结婚多久了，我的孩子？”院长嬷嬷问道，“哎呀，我的嫂嫂像你结婚这么久的时候，都已经有两个孩子了。”

凯蒂又躺倒在椅子上，感到心如死灰。

“我真太惭愧了。”她低声说。

“因为你要生孩子了？为什么，还有比这更自然的事情吗？”

“Quelle joie pour le docteur.（医生得多高兴啊。）”圣约瑟修女说。

“是啊，想想你丈夫该多幸福啊，他一定会欢喜得不得了。你只要看看他平时跟孩子们在一起的样子，看他跟孩子们玩耍的时候脸上的表情，就知道他要是自己有了孩子，一定会高兴得发狂。”

好一会儿凯蒂都没有说话。两位修女怜爱而关切地看着她，院长嬷嬷抚摸着她的手。

“我真糊涂，先前竟没想到这个。”凯蒂说，“不管怎么说，我很高兴不是霍乱。现在感觉好多了，我要回去工作了。”

“今天就不要工作了，我亲爱的孩子。你受了惊吓，最好回家休息休息。”

“不，不，我要留下来工作。”

“我说话算数。如果任你鲁莽行事，我们的好医生会怎么说呢？如果你愿意来，就明天再来吧，或者后天，但今天你必须安静休息。我这就派人去叫轿子，要不要我派个女孩儿陪你回去？”

“哦，不。我一个人能行。”

56

凯蒂躺在床上，百叶窗关着。午餐已过，仆人们都去睡觉了。今天早上了解到的一切（现在她确信那是真的）让她惊惶失措。回到家里以后，她就一直思考着这件事，但脑子里一片空白，心思集中不起来。突然她听到一阵脚步声，来人穿的是靴子，因此不可能是哪个男仆。她的心往上一提，意识到这只能是她的丈夫。他进了客厅里，她听到那边叫了她一声，没回答。静静地过了一会儿，她听见敲门声。

“谁？”

“我可以进来吗？”

凯蒂从床上坐起来，套上一件晨衣。

“进来吧。”

他走了进来，她很庆幸百叶窗关着，阴影遮住了她的脸。

“但愿我没有吵醒你，我敲门非常、非常轻。”

“我还没睡着。”

他走到一扇窗户前，一把推开百叶窗，温暖的阳光立刻洒进了房间。

“这是怎么了？”她问，“你为什么回来得这么早？”

“修女们说你身体不太舒服,我觉得最好回来看看是怎么回事。”

她的心头掠过一丝愤怒。

“如果是霍乱，你会怎么说呢？”

“要是霍乱的话，你今天早上就没法回家了。”

她走到梳妆台前，用梳子梳理她的短发，为了争取点儿时间。接着，她坐下来，点燃了一根烟。

“今天早上我不太舒服，院长嬷嬷认为我最好还是回到这儿来。不过我现在已经全好了，明天照常去修道院。”

“那到底是怎么回事？”

“她们没告诉你？”

“没有，院长嬷嬷说你会亲口告诉我。”

他现在的样子平时非常少见，他直直地着看她的脸，职业本能盖过了他的个人意志。她犹豫了一下，随后强迫自己迎向他的目光。

“我要生孩子了。”她说。

当她说出一句本以为会引发惊叹的话，他却习惯以沉默相对，这在她已见怪不怪，但从未像现在这样令她难以忍受。他什么也没说，也没做任何手势，脸上和那双黑眼睛里的神色没有任何变化，以表示他听见了。她突然有种想哭的冲动。如果一个男人爱他的妻子，他的妻子也爱他，在这样的时刻，他们本该受一种强烈的情感驱使着紧紧抱在一起。沉默令人不堪忍受，她耐不住了。

“我不知道为什么以前我从未想到这一点。我太愚蠢了，不过……由于种种原因……”

“你有多长时间……你估计什么时候分娩？”

这话似乎花了好大力气才从他嘴里说出来，她觉得他喉咙发干，就跟她自己一样。可恨的是她说起话来嘴唇一直打颤，如果他不是石头做的，这也该激发他的恻隐之心了吧。

“我估计已经有两三个月了。”

“我是那父亲吗？”

她倒吸一口冷气，他的声音里有一丝颤抖。他一贯冷静、自我克制，以至于微乎其微的情感表示都会让她震惊，这简直太可怕了。她不知为什么想到了在香港见过的一种仪器，上面有一根指针轻轻振动，人们告诉她那代表上千英里外发生了一场地震，想必上千人会丧失生命。她看着他，他面如死灰，这种苍白她以前见过一到两次。他低着头，稍稍看着一边。

“是吗？”

她紧扣着两手，知道如果她说“是”这个字，那对他来说将意味着整个世界。他会相信她，他当然会的，因为这如他所愿，然后她会取得原谅。她知道他的柔情多么深切，他又是多么乐于倾泻出来，尽管他是那样羞怯。她知道他并不记仇，只要给他一个借口，打动他的心，他就会彻底原谅她。她可以指望他绝不旧事重提。他或许有些心狠，冷酷而又可怕，但他既不卑鄙也不狭隘。如果她说一个“是”字，一切都可能改变。

再说，她迫切需要同情。突然知道自己怀了身孕，让她心里满是稀奇古怪的希望和各种从未有过的念头。她感到虚弱，有点儿害怕，有种远离所有朋友的孤独感。虽说她很少想到自己的母亲，但这天早上她突然渴望待在她的身边，她需要帮助和安慰。她不爱沃尔特，知道自己永远也不会爱他，但此时此刻她一心渴望他把她搂在怀里，让她把头依偎在他的胸前，这样紧贴着他，她就能快乐地哭上一会儿。她想让他吻她，用胳膊缠绕着他的脖子。

她凄然泣下，她撒了那么多谎，再撒一个也轻而易举。若能成全好事，撒个谎又能怎么样？谎言，谎言，可谎言又是什么呢？说句“是”多么容易啊。她看见沃尔特的眼神温和下来，朝她伸出双臂。她说不出那个字，不知道为什么，可她就是说不出。经历了这痛苦的几个礼拜，认清了查理的刻薄无情，见识了霍乱和垂死的人们，那些修女，甚至还有那个滑稽的小个子酒鬼沃丁顿，这一切都好像让她变了个人，她认不出自己了。虽然她内心深受触动，但她灵魂中似乎有一个旁观者在恐惧、惊奇地看着她。她必须说实话，撒谎似乎并不值得。她的思绪胡乱游荡着，突然间她看见了围墙脚下那个死去的乞丐。她怎么会想起他来？她没有抽泣，眼睛睁着，眼泪就那样轻易地顺着脸颊流淌下。最后她回答了那个问题。

“我不知道。”她说。

他嘿嘿笑了几声，让凯蒂不寒而栗。

“有点儿尴尬，对吧？”

这回答符合他的个性，一点也不出乎意料，但还是让她的心往下一沉。不知道他是否了解，对她来说实言相告是经过多少思想斗争（与此同时她领悟到这么做也并非困难，不如说是不可避免的），是否为此对她表示嘉许。她的回答，“我不知道”“我不知道”，像锤子一般在她脑中敲击、回响，现在已经无法收回来了。她从包里掏出手帕擦干眼泪，两人都没再说话。床边的柜子上放着一只虹吸水瓶，他为她倒了一杯水，端给她喝的时候为她托着杯子。她注意到他的手瘦得不成样子，原来是那样好看的一双手，纤细修长，现在简直成了皮包骨，还微微颤抖着。他可以控制自己的表情，但手却出卖了他。

“别介意我哭，”她说，“其实没什么，只不过我控制不住，眼泪就这么流出来了。”她喝完水，他把杯子放回去，坐到一把椅子上，点了一支烟，轻轻叹了口气。她听过几次这样的叹息，每次都让她一阵揪心。现在看着他，看他茫然地凝视着窗外，她吃惊自己竟没注意到几周来他已变得那么瘦：太阳穴凹陷下去，脸上的骨头都显了出来。衣服松松垮垮套在身上，就像穿着别人的大号衣服；皮肤灰白如纸，隐隐透着绿色。他整个人都疲惫不堪，工作辛苦，睡得太少，什么也不吃。她自己悲苦无告，烦恼不已，却也分出心思怜悯起他来。想到自己什么忙都帮不上，就觉得这太残忍了。

他把手放在额头，像是头疼，不禁让她想到他的脑中也在疯狂地敲击着那句话："我不知道""我不知道"。这个郁郁寡欢、冷漠而害羞的男人对那些幼儿会有一种天然的感情，这实在有些奇怪。大多数男人甚至对自己的孩子都不太在乎，但修女们不止一次说起过他的事，她们既感动又觉得有趣。如果他对那些滑稽可笑的中国幼童都能这样体贴，对自己的孩子又会如何呢？凯蒂咬着嘴唇，不让自己再哭起来。

他看了看自己的表。

"恐怕我得回城里去了。今天还有很多事情要做……你没事吧？"

"哦，没事，不用为我操心。"

"我想你晚上最好不要等我了。我也许很晚才能回来，会去俞上校那儿弄点儿东西吃。"

"好吧。"

他站起身。

“如果我是你，我今天就什么都不做。别做任何事情，你最好放松些。我走以前你还有什么事吗？”

“没有，谢谢。我会很好的。”

他停顿了一下，好像有些犹豫不决，随后，他突然拿起帽子，没再看她便径直走出了房间。她听见他穿过居住区的脚步声，感到一种可怕的孤独。现在没必要再约束自己了，她放开感情的闸门，任由泪水奔涌而出。

57

这一夜燥热难耐，凯蒂坐在窗前，望着中国寺院那一片片梦幻般的屋顶，在星空的衬托下，它们显得格外幽暗。最后，沃尔特走了进来。她哭得眼皮发沉，此时已经镇静下来。尽管诸多苦恼折磨着她，但由于体力耗尽，她感到异样的平静。

“我以为你已经上床睡觉了。”沃尔特进门时说。

“我不困，坐着还凉快一些。你吃过东西了吗？”

“吃得还不错。”

他在狭长的屋子里来回走着，显然有话要跟她说。她知道他很窘迫，决计不去理会，等着他拿出决心来。他突然开口了。

“我一直在想今天下午你跟我说的事情，我认为你最好离开这儿。我已经跟俞上校说过了，他会派人护送你。你可以带着阿妈一块儿走，不会有事的。”

“哪里有我去的地方？”

“可以去你母亲那儿。”

“你觉得她会愿意看到我吗？”

他停顿了一会儿，犹豫着，像在思索什么。

“那你可以去香港。”

“我去那儿做什么呢？”

“你需要悉心的关照和看护，我认为让你留在这儿是不公平的。”

她无法阻止脸上闪过一丝微笑，不仅是出于苦涩，而是坦率觉得有趣。她看了他一眼，差点笑出声来。

“真不知道你为什么这么担心我的身体状况。”

他走到窗前，站在那儿望着外面的夜色，清朗无云的夜空还从未有过这么多星星。

“这里不是你这种状况的女人待的地方。”

她看着他，一身单薄的衣服在黑暗下衬得发白。那好看的侧影带着某种不祥的东西，但奇怪的是此时此刻那东西并未让她感到恐惧。

“你坚持要我来这儿的时候，是想杀了我吗？”她突然问道。

他许久没有回答，让她以为他故意装作没听见这句话。

“一开始是。”

她打了一个寒战，这是他第一次承认自己的意图。但她并不因此对他生出恶意，连她自己也觉得惊讶：这里面带着某种钦佩，还有些许的玩味。她也不知道是为什么，但忽然想到了查理·汤森，在她看来他不过是个卑鄙的傻瓜。

“你那么做是可怕的冒险。”她回答说，“你那敏感的良知让我怀疑如果我死了，你会不会原谅自己。”

“是啊，你没有死，反倒让你生机焕发。”

“有生以来我从未感觉像现在这么好。”

她本能地想恳求他放松心态宽宥自己，毕竟他们经历了这么多，又身处如此恐怖凄凉之境，实在不该把那荒唐无稽的私通之举看得太重。当死神近在旁侧，像园丁挖土豆一样轻而易举地带走一条条性命，这种时候还去在乎哪个人做了脏污自己身子的事情，实在是愚不可及。要是能让他明白查理对她来说全无所谓，就连回忆起他的样貌都有些费力，对他的爱已经从心中统统清除掉了，那该有多好！因为对汤森已经没了感觉，跟他在一起做的那些事情也就丧失了意义。她已经收回了心，委身于人的事情又何足挂齿。她真想对沃尔特说：“听着，你不觉得我们这么长时间以来一直都很傻吗？我们就像孩子般互相生闷气。为什么不能亲吻一下，友好相待呢？不能因为我们之间没有爱恋，就连朋友都做不成了啊。”

他一动不动站在原地，灯光打得那张冷漠的脸白得吓人。她不能相信他，如果她说错了什么，他就会用这副冰冷严苛的面孔对待她。现在她已经领教了他极端的敏感，那尖酸的嘲讽是他的保护机制，感情一旦受到伤害，他那扇心门关得有多快。顷刻间，她为他的愚蠢而恼火。困扰他的无疑是虚荣心受到伤害，她隐约意识到这种创伤最难愈合。真奇怪，男人竟对自己妻子的忠诚看得如此重要。最初她跟查理约会时曾期待着某种不同的感觉，变成另一个女人。到头来她觉得自己跟从前一样，只是感到健康，也更有活力。现在她真希望跟沃尔特说孩子是他的——谎言对她来说算不了什么，但这一确认则会是他极大的安慰。再说，这也不一定就是谎言。真是滑稽，她心里有某种东西阻止她去享有怀疑带来的好处。男人是多么愚蠢！他们在生育中扮演的角色那么无足轻重，是女人经历长达数月的艰辛，最后在痛苦中生下孩子，可男人却要因为那短暂的瓜葛便提出如此荒谬的主张。为什么那会左右他对孩子的感情？接着，凯蒂的思绪又转移到她怀着的孩子身上。想到这个，她既不激动，也觉不出什么母性的关切，只有无端的好奇。

“要我说，你该好好想一想。”沃尔特打破了长时间的沉默。

“想什么？”

他稍稍侧过身子，看起来很吃惊。

“想想你什么时候走。”

“可我不想走。”

“为什么不想？”

“我喜欢在修道院工作，觉得自己成了有用的人。你在这儿待多久，我就愿意待多久。”

“我应该告诉你，以你目前的状况，会更加容易染上周围的各种疾病。”

“我喜欢你对待这件事的慎重。”她讥讽地笑了笑。

“你不是为了我才留下的吧？”

她犹豫了。他无从得知现在他在她心中激起了最强烈、最意想不到的情感，那就是遗憾。

“不是。你不爱我，我时常觉得自己让你厌烦。”

“我没想到你会为了几个古板的修女和一群中国小毛头而不辞辛苦。”

她的双唇勾勒出一丝笑容。

“只因为你对我做了错误的判断，你就那么鄙视我，我认为这实在有失公平。你就是这么愚蠢，这可怪不着我。”

“如果你决意留下，你当然有权这么做。”

“很抱歉我没给你机会展现你的宽宏大量。”她惊奇地发现自己很难跟他一本正经，“事实上你说得很对，不仅是为了那些孤儿我才留在这儿。你看，我的处境多么特殊，整个世界竟然没一个人可以投奔。我认识的人无不觉得我讨厌碍事，也没一个在乎我是死是活。”

他皱起眉头，但不是因为愤怒。

“我们把一切都搞砸了，是吧？”他说。

“你还要跟我离婚吗？我可一点儿也不在乎。”

“想必你知道，把你带到这儿来，就等于我宽容了那个过错。”

“我不知道。你看，我还没对不忠做过研究。我们离开这儿以后该怎么办？要生活在一起吗？”

“哦，你不认为我们可以把这些交给未来做决定吗？”

他的声音带着死一般的疲惫。

58

两三天后沃丁顿从修道院接出凯蒂（她实在静不下来，马上便恢复了工作），照先前的许诺带她去他的情妇那儿喝茶。后来凯蒂不止一次在沃丁顿家中吃饭。那座房子四四方方，外墙漆成白色，显得矫饰造作。中国各地的海关为其官员建造的房子都是那模样，在吃饭的餐厅、落座的客厅里摆着古板而结实的家具。这种房子的外观既像办公室又像酒店，里面丝毫没有住家的舒适感，你也就明白这些房子不过是走马灯一样的住客们临时的落脚之地，而绝不会想到那些秘密甚或浪漫的恋情会在楼上偷偷发生。登上一段楼梯后，沃丁顿打开一扇门。凯蒂走进一个大房间，里面空空荡荡，粉白的墙上挂着风格不同的书法卷轴。一张方桌前有一把硬邦邦的扶手椅，黑檀木的，刻着繁复的雕花。那个满人就坐在那儿，一见凯蒂和沃丁顿进来，她便站起身，但并未移步向前。

“这就是她。”沃丁顿说，随后又补上几句中国话。

凯蒂跟她握了握手。她身材苗条，穿着绣花长袍，让看惯了南方人的凯蒂觉得她比自己预期的要高一些。淡绿色的真丝上衣，窄窄的袖子长及手腕，黑色的头发经过细心盘整，上面戴着满族妇女的头饰。她脸上敷了粉，眼睛下面和嘴唇都涂着胭脂。她的眉毛修成一对细细的黑线，嘴唇涂得猩红。在这张“面具”上，那对稍稍偏斜、又大又黑的眼睛目光炯炯，犹如两汪流动的黑玉之湖。她更像一尊人偶，而不是一个女人。缓慢而从容的动作使凯蒂觉得她有些害羞，也很是好奇。沃丁顿向她介绍凯蒂时，她点了两三次头，看着凯蒂。凯蒂留意到她的手：那双手出奇地长而纤细，颜色如象牙一般，精巧的指甲上涂着油彩。凯蒂觉得自己从未见过如此可爱的手，慵懒而优雅，让人联想到诸多世纪的熏陶与教养。

她不太说话，声音尖细，就像花园里啁啾的小鸟。沃丁顿翻译给凯蒂，说见到她很高兴，问她多大年纪，有几个孩子。他们在方桌边的三张直背椅子上坐下，一个男仆端来几碗茶，淡淡的，散着茉莉花的香气。满族小姐递给凯蒂一只“三堡”牌香烟的绿色铁盒。除了桌椅，这间屋子里就没什么家具了，只有一张大床上放着一只绣花枕头和两个檀木箱子。

“她整天都做些什么？”凯蒂问。

“她画画，有时候写写诗，但大部分时间都坐着。她吸烟，不过很有节制。幸好是这样，因为我的职责之一便是禁止买卖鸦片。”

“你抽吗？”凯蒂问。

“很少。说实话我更喜欢威士忌。”

房间里依稀有股刺鼻的气味，但并不讨厌，只是很特殊，有点儿异国情调。

“告诉她我很遗憾，没法跟她说话，但我相信我们互相有不少事情可说。”

这句话翻译过去后，这个满族女人很快看了凯蒂一眼，眼里含着一丝笑意。她毫无窘态，穿着美丽的衣服坐在那儿，那样子令人难忘。浓妆艳抹的脸上，一双眼睛警醒、冷静而自信，同时莫测高深。她不像真的，好像一幅画，又有一种让凯蒂自觉笨拙的高贵典雅。命运将凯蒂扔到这块地方，所以她对中国的关注不过是仓促随性的，多少还带着点儿鄙视，她圈子里的人都是这样。现在，突然之间她似乎模糊地感受到某种遥远而神秘的东西，那便是东方，古老、幽暗、不可思议。西方的信仰和理想与她在这精致的造物身上捕捉到的那一闪即逝的理想和信仰相比，显得野蛮粗糙。这里是全然不同的生活，处在与先前不同的维度上。凯蒂有种奇怪的感觉，见到她，那施了脂粉的脸和偏斜、警醒的眼睛，让她所认识的日常世界的艰辛和苦痛一律显得荒谬可笑。敷彩的面具下似乎隐藏着丰富、渊博、意义重大的真知灼见，修长、纤弱的尖细手指握着一把把未解之谜的钥匙。

“她一整天在思考什么？”凯蒂问。

“什么也不想。”沃丁顿笑了笑。

“她真是太美了，转告她，我从来没有见过这么漂亮的手。真不知道她看上你什么了。”沃丁顿带着微笑把这个疑问翻译过去。

“她说我人很好。”

“就好像女人是因为男人的美德才爱上他似的。”凯蒂揶揄道。

满族女人只笑过一次。当时凯蒂为了找些话题，对她戴着的玉镯表示赞美，她便摘了下来。凯蒂想戴上时才发现尽管自己的手也很小，镯子却穿不过她的指关节。满族女人一下子像小孩那样咯咯笑了起来。她对沃丁顿说了句什么，又招呼阿妈过来，做了吩咐，阿妈不一会儿便拿来一双非常漂亮的满族人的鞋子。

“如果你能穿的话，她想把鞋子送给你。”沃丁顿说，“在卧室当拖鞋很不错。”

“我穿着正合适。”凯蒂说，很是满意。

她看到沃丁顿露出一脸坏笑。

“她穿着是不是太大了？”她急忙问道。

“大了好几里。”

凯蒂哈哈笑起来。沃丁顿翻译过去，满族女人和阿妈也笑了。

随后不久，凯蒂和沃丁顿一道上山。她带着友好的微笑转向他。

“你倒没跟我说过，你对她怀着深深的感情。”

“你为什么会这么认为？”

“我从你的眼睛里看出来的。很奇怪，想必就像是爱上一个影子或者一场梦一样。男人真是无法估量，我还以为你跟别人一样呢，现在发觉我一点儿都不了解你。”

等他们走到平房那儿，他突然问她：“你为什么想要见她？”

凯蒂犹豫了一会儿，然后才回答。

“我在寻找某种东西，我也说不清那是什么。但我知道了解它对我来说十分重要，如果找到了，一切就会截然不同。那些修女或许知道，跟她们在一起的时候，我能感觉到她们掌握着某种不会与我分享的秘密。不知道为什么会觉得，如果见到这个满族女人，我就会略微搞清楚要寻找的是什么。她要是知道，也许会告诉我的。”

“你怎么会认为她知道呢？”

凯蒂斜看了他一眼，没有回答，反而向他提了个问题。

“你知道是什么吗？”

他笑着耸了耸肩膀。

“道。我们有些人在鸦片中寻找道，有些人在上帝那儿，有些人寻求威士忌，或去爱里寻找。这道终归只有一条，可它不通向任何地方。”

59

凯蒂重新投入到惬意的日常工作之中。尽管清早她觉得很不舒服，好在心气很足，不至于让这种状况扰乱自己的情绪。修女们一个个对她格外热情，这让她很是惊奇。那些修女从前在走廊里遇见她也不过是道声早安，现在随便找个什么借口就来她待的屋子里看她，闲聊几句，兴奋得像小孩子一样。圣约瑟修女跟她一遍遍重复说（有时候都让人厌烦了）这几天她都在想什么：“哦，我有点儿怀疑。”或者，“我不会感到奇怪。”然后，当凯蒂晕倒时，“毫无疑问，这一眼就能看出来。”她又跟凯蒂讲她嫂嫂生孩子的一桩桩冗长的故事，那些故事实在非同小可，听上去免不了心惊肉跳。圣约瑟修女用一种愉快的方式将她成长的真实环境（一条小河弯弯流过他父亲农场上的草地，岸上的杨树在微风中轻轻摆动）跟宗教传说紧密结合在一起。她坚信一个异教徒不可能知道天使报喜的事情，有一天便跟凯蒂讲了起来。

“每次在《圣经》里读到这一段时，我就忍不住流泪。”她说，“不知道为什么，但它就是让我有这种奇怪的冲动。”

然后她用凯蒂听来十分陌生的法语引出那段话，那精准的词句略显阴冷：

“天使进去，对她说，蒙大恩的女子，我问你安，主和你同在了。”

凯蒂怀孕的秘密像流连于百花盛开的果园中的一阵轻风，传遍了整个修道院。想到凯蒂怀了孩子，那些不能生育的女人又是不安又是兴奋。她们有点儿害怕，可又对她着迷，带着农民或渔夫的那种天然粗俗的常识顾盼着她的身体变化。但她们孩童一般的心里充满了敬畏，为她的负担忧心忡忡，同时又觉得高兴，感到异常的欣喜。圣约瑟修女告诉她，大家都在为她祈祷。圣马丁修女说，她不是天主教徒太遗憾了。但院长嬷嬷斥责了她，说即便一个新教徒也有可能成为一个好女人——une brave femme（一个好女人）——她当时说，le Bon Dieu（上帝）会以某种方式安排一切的。

见自己引起这般关注，凯蒂深受感动，也很开心。让她尤为惊讶的是，她发现圣人一般严厉的院长嬷嬷也用一种殷勤有礼的态度待她。她们的关系一直不错，只是不太亲近。而现在院长嬷嬷对她温柔有加，其中带着母爱的成分。不仅声音变得柔和，眼里也忽然有了嬉笑的神情，仿佛凯蒂是个孩子，刚刚做了一件聪明又有趣的事情。这一切既新奇又感人，她的心灵犹如一片平静而灰暗的大海，波浪起伏，蔚然壮观，阴郁浩瀚令人畏惧，突然间，一缕阳光投射过来，让一切变得活泼、友好而快乐。现在院长嬷嬷傍晚时经常来凯蒂这里，跟她小坐片刻。

“我必须留意不让你累着自己，mon enfant（我的孩子）。”她说，给自己找了个堂而皇之的借口，“否则费恩医生绝不会原谅我的。唉，英国人那种自我克制啊！他心里高兴得不得了，可你跟他一说起这事儿，他却一脸苍白。”

她拉起凯蒂的手，亲切地拍了拍。

“费恩医生说他希望你离开这儿，可你不愿意走，舍不得离开我们。你真是太好了，我亲爱的孩子，我要让你知道我们很感激你的帮助。我觉得你也不想离开他，这样也好，你应该陪在他的身边，他需要你。啊，我真不知道要是没有这个令人钦佩的人，我们该怎么办。”

“他能为你们尽一份力量，我感到十分高兴。”凯蒂说。

“你可得全心全意爱他，我亲爱的，他是一位圣人。”

凯蒂微笑着，心里却在叹气。现在她只能为沃尔特做一件事，可不知该怎么做。她希望他能原谅她，不再是为了她的缘故，而是为了他自己，她觉得只有这样才能恢复他内心的平静。直接求他原谅不是办法，如果他怀疑这么做并非为她自己考虑，他那倔强的虚荣心会让他不惜一切代价加以拒绝（奇异的是，他的虚荣心现在已不再令她气恼，只是让她更为他感到难过）。唯一的机会就是发生某件意想不到的事情，打消他的戒心。她心里有个想法，觉得他也许乐于接受一次感情的爆发，将他从那怨怼的噩梦中解放出来。不过，按他那可怜愚笨的性格，到时他又会尽全力拼争到底。

人生何其短暂，世界本来就充满了苦痛，人们却还要折磨自己，这岂不太可怜了吗？

60

虽说院长嬷嬷跟凯蒂只谈过三四次话，其中一两次只有十分钟，但她还是给凯蒂留下了深刻的印象。她的性格就像一片乡野，初见时感觉辽阔而冷漠，但不久就会在巍峨山岭的褶皱间发现一个个掩映在果树丛中的欢腾的村庄，看见郁郁葱葱的草地上欢快流淌的一条条小河。这番宜人的景象会让你惊奇，甚至熨帖安心，但远处狂风劲吹的黄褐色高地尚不足以使你感到自如自在。要想跟院长嬷嬷亲密无间本来就不可能，在她身上有什么超凡脱俗的东西。凯蒂在其他修女身上也能感受到，甚至那位好脾气、爱说话的圣约瑟修女也不例外，但跟院长嬷嬷之间的障碍几乎就是明摆着的。它让你产生好奇，使你颤栗，也令你肃然起敬。她可以跟你行走在同一片大地上，处理世俗事务，却显然又活在一个你无法企及的高度之中。

她曾经对凯蒂说："一个修女只是不断地祈祷耶稣还不够，她应该成为自己的祈祷者。"

这番话夹杂着她的宗教信念，凯蒂觉得这是她的心声，并非特意在向一个异教徒说教。让她奇怪的是，凯蒂对于上帝的无知是有罪的，而深怀博爱之心的院长嬷嬷，对此竟然放任不管。

某天晚上，她们两个人坐在一起。白日渐短，柔和的夜色在惬意中带着几分伤感。院长嬷嬷看上去非常疲乏，那悲戚的面容扭曲发白，漂亮的黑眼睛失去了光芒。浑身的疲劳将她带入一种难得的心境，想跟别人倾诉一番。

“对我来说今天是个值得纪念的日子，我的孩子。”她打破了长时间的冥想，“因为这一天是我终于下定决心投身宗教的纪念日。我考虑了两年，承受了这一召唤带来的恐惧，因为害怕我的精神再被世俗掳回去。但在领受圣餐的那个早上，我发出誓言要在天黑前把我的愿望通报给亲爱的母亲。领受圣餐后，我祈求我们的主赐予我内心的平静：你终将获得——主似乎在回答我——只要你不再渴求，它便降临于你。”

院长嬷嬷好像迷失在了对往昔的回忆中。

“那一天，我们的一位朋友，维尔诺夫人，没告诉任何亲戚便动身去了卡梅尔。她知道他们会反对她走这一步，不过她是个寡妇，有权选择自己要做什么。我的一个表姐去跟这位亲爱的逃离者告别，直到晚上才回来，她很受触动。我还没跟母亲谈过，一想到要把自己的想法告诉她，我就浑身发抖，但更希望信守我在圣餐时做出的决定。我问了表姐各种各样的问题，一旁的母亲似乎一心忙着绣她的坐垫，其实一个字也没有落下。我一边说着话，一边在心里想，如果我打算今天说，就一分钟也不能耽搁了。

“奇怪的是，我对当时的情景记得一清二楚。我们围坐在桌边，圆桌上盖着红桌布。我们在灯下干活，那盏灯的灯罩是绿色的。我的两个表姐跟我们住在一起，大家都忙着修补客厅椅子上的坐垫。你想一想，那些东西自从路易十四时代买来后一直都没修补过，早已破旧褪色，母亲说这简直太丢人了。

“我一度想开口说话，但嘴唇就是不听使唤。沉默了几分钟后，母亲突然说：‘我实在无法理解你朋友的所作所为，对她那些亲近的人一句话也不说就走，这我可不喜欢。这种做法太像做戏，太讨厌，太没品位了。一个有良好教养的妇女不该做这种让人说三道四的事。如果你要离开我们，给我们留下巨大痛苦的话，我希望你别像犯了罪似的偷偷逃走。’

“这正是说话的机会，可我偏偏那么懦弱，只是说了句：‘哦，您尽管放心吧，maman（妈妈），我才没那个胆量呢。’母亲没有回答，我懊悔自己竟不敢解释心里的想法，似乎听到耶稣对圣彼得说的话：‘彼得，你不爱我吗？’唉，我多么软弱，多么不知感恩！我爱我的舒服日子，我的生活方式，我的家人和我的娱乐消遣。我迷失在了痛苦的挣扎中。过了一会儿，就像紧接刚才的谈话似的，母亲对我说：‘尽管如此，我的奥黛特，我相信你这辈子不过得既痛苦又隐忍，是不会罢休的。’

“我还沉浸在焦虑和思索中，那两个表姐默默地干着活，全然不知我的心怦怦直跳。突然间，母亲让手里的坐垫滑到地上，直愣愣地看着我，说：‘唉，我亲爱的孩子，我敢肯定你最后要去当修女的。’

“‘你这是当真吗，我的好母亲？’我回答说，‘你真是一语道破我心深处的念头和渴望。’

“‘Mais oui.（当然。）’两个表姐不等我把话说完，便嚷了起来，‘这两年来，奥黛特就一心想着这件事情。但你不会准许她的，ma tante（我的姨妈），你可不能准许她。’

“‘我亲爱的孩子，如果这是上帝的旨意的话，我有什么权力不准许呢？’母亲说。

“我的表姐们想把话题变成笑谈，便问我打算怎么处置我的私人物品，欢快地争吵着到底哪件东西该归谁所有。但这种快乐只维持了很短的时间，我们就开始哭了起来。接着，父亲上楼来了。”

院长嬷嬷停顿了一会儿，叹了口气。“这让父亲很难接受，我是他的独女，男人对女儿的感情往往比对儿子更深。”

“拥有一个心爱的孩子是极大的不幸。”凯蒂微笑着说。

“将这个孩子奉献给耶稣基督之爱，便是莫大的幸运。”

就在这时，一个小女孩朝院长嬷嬷走过来，十分自豪地给她看一件不知哪儿弄来的古怪玩具。院长嬷嬷把她美丽纤细的手放在孩子的肩膀上，孩子朝她依偎过来。凯蒂注意到那笑容如此甜蜜，又超然于世，一时很是感动。

“看到所有孤儿都这样爱您，真是太美妙了，院长嬷嬷。”她说，“我想，如果我能激发起这样深切的钟爱，会感到非常骄傲。”

院长嬷嬷再次露出那疏离而美好的微笑。

“只有一种办法赢得人心，那就是让自己成为人们会去爱的人。”

61

这天晚上沃尔特没有回来吃晚饭。凯蒂等了他一会儿，因为每次在城里耽搁了，他都会设法给她捎个口信，最后她只得独自用餐。尽管瘟疫流行，供应不便，中国厨子还是出于礼仪做了好几道菜端到凯蒂的面前，但她只是装着吃了一点儿。随后她来到敞开的窗边，往那张长长的藤椅里一躺，让自己沉溺在星光璀璨的美妙夜色中。周遭的静寂让她得以安然休息。

她什么也不想读，各种想法在脑海的表层漂浮，犹如倒映在平静湖面上的一朵朵白云。她深感疲乏，一朵也够不着，只能跟随着，任自己混入那一连串的思绪中。她隐约有些好奇，不知跟修女们的交谈留下的诸多印象对她有什么意义。奇怪的是，虽然她们的生活方式深深打动了她，但导致这种生活的信仰却未曾感染她，难以想象自己会被炽烈的信仰所捕获。她轻轻叹了一口气，如果让那伟大的白色光芒照彻她的灵魂，一切就容易了。有一两次她真想把自己的不幸原原本本告诉院长嬷嬷，但是不敢：她无法忍受这个严苛的女人把她往坏里想。对院长嬷嬷来说，她做的事情自然是无法原谅的罪孽。奇怪的是，她本人并不将其当成罪孽，只不过是愚蠢、丢丑而已。

也许要归咎于她天生愚钝，才把跟汤森的交往看成一件憾事，甚至可鄙可恶。但只要忘了就好，谈不上什么悔过。就像在舞会上绊了一跤，没法补救，也的确让人懊丧，但这事看得太重就不合常理了。想到查理她不禁一阵颤抖，他那华贵外套下的高大身架，那宽厚的下巴，还有胸脯前挺、隐藏肚子的站姿。细小的红色静脉在那红润的脸颊上纵横交织，显露出他多血质的性情。她曾倾心于他那对浓密的眉毛，现在想来就像动物的毛发，简直让人恶心。

至于将来呢？很奇怪，将来对她来说漠然无趣，她看不到一点儿将来的影子，也许会在孩子降生的时候死去。她的妹妹多丽丝身体比她强壮许多，可生孩子的时候差点儿死掉。（她不辱使命，为准男爵生下了一个继承人。凯蒂想到母亲心满意足的样子，不禁笑了起来。）既然将来一片模糊，或许意味着她注定看不到了。沃尔特可能会让她的母亲照顾孩子——如果孩子活下来的话。她很了解他，可以肯定即便无法确定是谁的骨肉，他一样会好心善待这个孩子。不论任何情况，沃尔特的表现都值得信任。遗憾的是，他的品格如此伟大，深怀无私与荣誉，聪颖而又富于感性，可他偏偏不可爱。她现在已经一点也不怕他，只为他感到惋惜，同时又不禁觉得他有点儿荒唐可笑。他深沉的情感使他脆弱，直觉告诉她，有朝一日她会想出办法利用他的脆弱，诱使他原谅她。现在她脑中一直萦绕着这个念头，如果能使他的内心恢复平静，这就是她为自己带给他的痛苦所能做的唯一补救。很可惜他极度缺乏幽默感：可以想见，有那么一天，两个人都将为他们曾经如此互相折磨而哈哈大笑。

她累了，提着灯走进自己的房间，脱下衣服上了床，很快便睡着了。

62

她被一阵响亮的敲门声惊醒。一开始，这声音跟它搅扰的梦境交织在一起，没能让她跟现实联系起来。敲门声一直不停，她这才意识到有人在敲院子的大门。周遭一片昏暗，她的手表指针发出磷光，依稀可见时间是两点半。大概是沃尔特回来了——他怎么这么晚？还没能叫醒仆人？敲门声仍在继续，且越来越响，在夜晚的静寂中格外吓人。敲门声停止，她听见沉重的门闩被拉开。沃尔特从来没有这么晚回来过，可怜的东西，肯定累坏了！但愿他直接上床睡觉，别像往常那样去他的实验室工作了。

外面有几个人在说话，还有人进了院子。这就奇怪了，沃尔特晚归从不会打扰她，总是尽量不弄出动静。有两三个人匆匆跑上木制台阶，进了隔壁房间。凯蒂心里有些害怕，她一直担心这里会发生排外的骚乱。出了什么事吗？她的心跳变得急促起来。还没等到她弄清到底是怎么回事，就有人穿过房间来敲她的门了。

“费恩太太。”

她听出是沃丁顿的声音。

“我在，出了什么事？”

“你可以马上起来吗？我有事要告诉你。”

她连忙起身穿上一件晨衣，扭开锁把门打开。沃丁顿出现在她面前，穿着一条中式长裤，上身是一件府绸外套。一个仆人提着马灯，后面是三个穿卡其布军服的中国士兵。沃丁顿一脸惊恐的神色吓了她一跳：他头发乱糟糟的，像是刚从床上爬起来。

“这是怎么回事？”她倒吸了一口气。

“你必须保持冷静。现在没时间耽搁了，赶紧穿上衣服跟我走。”

“可到底怎么了？是城里出什么事了吗？”

他身后的士兵让她一下子想到了暴乱，他们是来保护她的吗？

“你丈夫病倒了，我们想让你马上去。”

“沃尔特？”她惊叫了一声。

“你先别着急，我也不清楚具体情况。俞上校派这位军官来叫我，让我立刻带你去衙门那里。”

凯蒂盯着他好一会儿，突然感到胸口一阵发冷，随后她转过身去。

“我两分钟就准备好。”

“我都没来得及换衣服，”他说，“本来正睡着觉。披上外衣，穿了双鞋就来了。”

凯蒂没听见他说的话。她借着星光穿衣服，摸到什么就穿什么。手指突然变得笨拙起来，半天才摸到衣服上的小扣子扣上，又把那条晚上常披的广东围巾披在肩上。

“我还没戴帽子。不用戴了吧？”

“不用。”

仆人提着灯走在前面，几个人匆忙下了台阶，走出院门。

“小心点儿，别摔倒了。”沃丁顿说，“你最好抓住我的胳膊。”

几个士兵紧跟在他们身后。

“俞上校派来了轿子，在河对岸等着我们。”

他们迅速向山下走去。凯蒂有心问上一句，但她的嘴唇哆哆嗦嗦，话到了嘴边却说不出来，她太害怕听到那个回答了。到了岸边，一条舢板在等着他们，船头那里有一线光亮。

“是不是霍乱？”这时她才问道。

“恐怕是的。”

她惊叫了一声，连忙又收住。

“我认为你应该尽快赶去那儿。”他把手伸给她，扶着她上了船。航程很短，河水几乎凝滞不动。他们在船头挤作一团，一个女人后背上绑着一个孩子，划着单桨把小船渡到对岸。

“他是今天下午病倒的，现在应该说是昨天下午。”沃丁顿说。

“为什么不马上派人来叫我？”

虽说没什么缘由，但他们都把声音压得低低的。黑暗之中，凯蒂能感觉出她的同伴也非常焦急。

“俞上校本来想派人叫你，但他不让。俞上校一直跟他在一起。”

“就算那样也应该派人来叫我，真是太冷酷无情了。”

“你丈夫知道你从未见过得了霍乱的人，那种情形实在既可怕又让人恶心，他不想让你看见。”

“毕竟他是我丈夫。”她声音哽咽地说。

沃丁顿没有答话。

“现在为什么允许我去了？”

沃丁顿把手放在她的胳膊上。

“我亲爱的，你必须很勇敢才行。你得做最坏的打算。”

她痛苦地呜咽一声，注意到那三个中国士兵看着她，便稍稍侧过身去，冷不丁她瞥见了他们的眼白。

“他就要死了吗？”

“我只有俞上校让这位军官带来的口信，他是来接我的。据我判断，已经虚脱了。”

“完全没有希望了吗？”

“我感到非常难过，我担心如果我们不能尽快赶到，恐怕就见不上他最后一面了。”

她浑身一阵颤栗，泪水顺着脸颊滑落下来。

“你知道，他工作过度劳累，又没有任何抵抗力。”

她生气地甩开他抓着自己的胳膊，他说话时低沉、痛苦的声音让她感到恼火。

他们到了对岸，两个站在河边的中国苦力扶着她上了岸。几台轿子等在那里，她上了自己的轿子，沃丁顿对她说：“要尽量保持镇静。你必须拿出全部的克制力。”

“让轿夫们赶紧点儿。”

“已经吩咐他们尽量快。”

那个军官正坐在轿子里，从旁边经过时朝凯蒂的轿夫喊了一声。他们敏捷地抬起轿子，把轿竿往肩上一撂，迈着轻快的步子出发了，沃丁顿紧跟在后面。他们跑着上山，每台轿子前都有一个人打着灯笼引路。到了水闸，只见看闸人举着火把站在那儿。他们来到近前，军官朝他喊了一声，那人便推开一扇大门让他们通过。经过时他发出一声感叹般的吆喝，轿夫们也回应了一句。在夜晚的死寂中，陌生的语言和低沉的喉音都显得神秘莫测，令人惊惧。他们摇摇晃晃走上一条又湿又滑的鹅卵石小巷，军官的一个轿夫跌了一跤，凯蒂听见军官气呼呼地高声叫骂起来，那轿夫刺耳地顶撞了一句，接着轿子又匆匆向前。这是一座死亡之城，夜色沉沉，每一条街道都狭窄而扭曲。他们穿行在一条窄巷之中，转过一个拐角，跑上一段台阶，轿夫们开始喘息起来。他们沉默地迈着又快又大的步子，其中一个拿出一块破烂的手帕，边走边擦去从额头流进眼睛里的汗水。他们东拐西绕，就像在急速穿越一座迷宫。关了门的店铺旁边偶尔能看见一个躺着的人形，你不知道那人会一觉之后在黎明时醒来，还是就此长眠不醒。这儿的街道空旷寂寥，阴森可怖。突然间一只狗狂吠起来，一阵惊恐传遍凯蒂那备受折磨的神经。她弄不清他们在往何处去，路途好像没有尽头。他们能快点儿走吗？再快点儿，再快点儿吧。时间在不停流逝，每耽搁一分钟都可能为时已晚。

63

他们沿着一道光秃秃的墙壁走着，突然间来到一扇大门前面，两侧各有一座岗亭把守。轿夫们放下轿子，沃丁顿匆匆朝凯蒂这边走来。她已经跳下轿子。那位军官使劲敲门，一边喊着什么。边门打开后他们走了进去，院子很大，四四方方。士兵们身上裹着毯子，几个人挤在一起，贴着墙壁蜷缩在悬垂的屋檐下面。他们停下脚步，军官去跟一个看似站岗的军士说话，然后转身跟沃丁顿说了句什么。

“他还活着。”沃丁顿低声说，“走路当心点儿。”

还是由那个打着灯笼的人引路，他们穿过院子，登上几级台阶，通过一扇大门进入另一个宽大的院子。院子一侧是一座长条形的房子，里面点着灯，灯光透过窗子上的米纸，映出窗格精美的图案。另几个打灯笼的人带他们穿过院子来到屋前，军官敲了敲门。门立刻开了，军官望了凯蒂一眼，向后退了退。

“你进去吧。”沃丁顿说。

这间屋子又长又矮，照明的油灯烟熏雾绕，在幽暗之中预示着不祥。三四个勤务兵站在屋里，正对着门的墙边放着一张小床，有个人蜷身躺在毯子下面。一位军官毫无表情地站在床脚。

凯蒂慌忙上前，朝小床俯下身去。沃尔特闭着眼睛躺在那儿，一动不动，十分吓人。黯淡的光线下，他的脸上一片死灰。

“沃尔特，沃尔特！”她喘息着，压低的声调带着惊恐。

那身子微微动了动，或者说那不过是动作的一抹幻影。他的动静极其微弱，就像一丝微风，让你无法察觉，却在瞬间吹皱了平静的水面。

“沃尔特，沃尔特，跟我说话。”

那双眼睛慢慢睁开，好像费了极大的气力才抬起沉重的眼皮，但他没去看谁，而是盯着离他的脸几寸远的墙壁。他说话了，声音又低又弱，里头带着一丝笑意。

“真是乱成了一锅粥。”他说。

凯蒂连气也不敢喘。他没再发出任何声音，没做任何动作，但他的两眼，那双暗沉而又冷漠的眼睛（现在看到了什么神秘之物？）盯着粉白的墙壁。凯蒂直起身子，用憔悴的目光看着站在身旁的那个人。

“肯定还能想点儿办法。你不会就这么站着什么也不做吧？”

她两手紧握在一起，沃丁顿去跟站在床脚的那个军官说话。

“恐怕能做的他们已经都做了，团里的军医一直在给他治疗。你丈夫训练过他，沃尔特医生会做的事情他都做过了。”

“这位就是军医吗？”

“不，这位是俞上校，他始终都没离开过你丈夫身边。”

凯蒂心烦意乱，朝他瞥了一眼。这人个子很高，体态粗胖，穿着一身卡其布军服，显得紧张不安。他正看着沃尔特，她看出他的眼里含着泪水。她的心像针扎了一样：这个黄皮肤、扁平脸的人为什么要满眼含泪？这激怒了她。

“竟然就这么束手无策，这也太糟糕了。”

“至少他不再感到痛苦了。”沃丁顿说。

她再次朝她丈夫俯下身去，那双死人般的眼睛依然空洞地盯着前方。她弄不清他能否用这双眼睛看见什么，也不知道他是不是听见了她说的话。她把嘴唇贴近他的耳朵。

“沃尔特，我们还能做点儿什么？”

她觉得一定有某种药物，能留住他那可怕地消退着的生命。现在她的眼睛更适应了那昏暗的光线，惊恐地发现他的脸已经塌陷下去，几乎认不出是他了。短短几个钟头，他竟变成另外一个人，真是不可思议。他看上去已不再像人，而像是死亡本身。

她觉得他挣扎着要说话，便把耳朵凑到近前。

“别瞎忙了。我经过了一段艰难的路途，但现在已经全好了。”

凯蒂又等了一会儿，但只有沉默。他全然不动的样子撕扯着她凄苦的心。看见他竟那样毫无动静地躺着，太过让人害怕——他似乎已经准备好寂然进入坟墓。这时，一个不知是军医还是打理后事的人走上前来，做了个手势让她闪开一点儿。那个人朝濒死的沃尔特俯下身，用一条肮脏的抹布湿润他的嘴唇。凯蒂再次直起身子，绝望地转向沃丁顿。

“真是完全没有希望了吗？”她小声说。

他摇了摇头。

“他还能活多久？”

“谁也说不准，也许一个钟头。”

凯蒂环视了一下空荡荡的房间，目光在俞上校那壮实的身形上停留了片刻。

“能让我单独跟他待一会儿吗？”她问道，“一分钟就行。”

“如果你希望，当然可以。”

沃丁顿走近俞上校跟他说话，上校微微躬身，然后低声下了道命令。

“我们在台阶那儿等你，”沃丁顿说，随着这伙人向外走去，“你只需喊一声就行。”

眼下这难以置信的事态占满了她的意识，就像麻醉药沿着脉管流遍全身。她明白沃尔特就要死了，心里只有一个念头，就是拔除毒害他灵魂的积怨，好让他轻松离世。如果他死的时候能够跟她和解，也就算与他自己和解了。现在她考虑的全然不是自己，而是他。

“沃尔特，我央求你原谅我。”她朝他俯着身子说，害怕他的身体承受不了任何压力，小心翼翼不让自己碰到他，“我为自己对你犯下的过错深感抱歉，这让我痛悔不已。”

他没说什么，好像根本没有听见。她不得不继续说下去，她有种奇怪的感觉，好像他的灵魂成了一只扑扑飞舞的蛾子，那双担负着仇恨的翅膀异常沉重。

“宝贝儿。”她说。

一片阴影略过他那惨白、凹陷的脸。那算不上一个实在的动作，但看上去却如同一阵可怕的抽搐。她以前从未对他用过这个词，或许他将死的脑子里闪过一个混乱而难以捕捉的念头，觉得他曾听到过她用过这个词，是她用惯了的口头禅，对小狗、小孩子或者小汽车都这么说。接着，一件可怕的事情发生了。她两手紧紧握在一起，拼命控制住自己，因为她看见两行眼泪顺着他那枯槁的面颊慢慢流下来。

“哦，我珍爱的，我亲爱的人，如果你曾爱过我——我知道你爱我，可我却那么可恨——我请求你原谅我。现在我没有机会表示我的悔改，可怜可怜我吧，我央求你原谅我。”

她停了下来，看着他，屏息凝神，急切地等着他回答。她看出他要开口说话，心一下子提到了嗓子眼儿。如果在这最后的时刻她能把他从怨恨的重压下解救出来，从某种意义上说，也是对她带给他痛苦的一种补偿。他没有看她，嘴唇动了一下，眼睛失神地望着粉白的墙壁。她俯下身子好让自己听见，而他说得相当清楚。

“死的那个是狗。”

她俯身在那儿一动不动，好像自己变成了石头。她没听明白，惊恐而困惑地盯着他。那句话毫无意义，他是在说胡话。她说的话他一个字也没有听进去。

一个人不可能纹丝不动却还活着，她盯视着，他的眼睛睁着，她不知道他是否还在呼吸，她开始害怕起来。

“沃尔特，”她悄声说，“沃尔特。”

最后，她突然直起身来，被一阵突如其来的恐惧攫住。她转身朝门口走去。

“请你们过来，好吗？他好像不……”

他们跨进门来。那位中国军医走到床前，把手里拿着的一支手电筒按亮，查看了一下沃尔特的眼睛，然后将它们合上。他用中国话说了句什么。沃丁顿用胳膊挽住凯蒂。

“恐怕他已经死了。”

凯蒂深深叹了口气，几滴眼泪从她的眼里落下。她感到神思恍惚，并未因震惊而不能自持。几个中国人围着床铺站在那儿，一个个茫然无助，好像不知道下一步该怎么办。沃丁顿一声不吭。过了一会儿，中国人开始互相低声说起话来。

“最好还是让我把你送回平房吧。”沃丁顿说，“他们会把他送到那儿去。”

凯蒂倦怠无力地用手抚了一下额头，她走到小床那里，俯下身去，轻轻吻了吻沃尔特的嘴唇。现在她已经不哭了。

“很抱歉给你们添了这么多麻烦。”

几个军官在她走出去的时候向她敬礼，她也庄重地回鞠一躬。他们按原路穿过院子出门，坐上轿子，她看见沃丁顿点着一支香烟。一缕烟雾在空中消散，那就是一个人的生命。

64

现在天已经放亮，随处可见中国人正卸去自家店铺的门板。在街道的幽暗处，一个女人在烛光下洗手洗脸。拐角处的一家茶馆里有几个男人吃着早饭。渐醒的天光灰暗阴冷，窃贼一般蹀躞于一条条狭窄的小巷。河面上罩着一层淡淡的迷雾，密匝匝的帆船桅杆隐现其中，犹如幽灵大军的长矛。过河的时候寒意袭人，凯蒂蜷身将自己裹在那条色彩鲜艳的围巾里。他们爬上山坡，已身处那片雾霭之上。晴朗无云的天空阳光普照，那光芒一如往日，就像这一天什么事情都没发生，与随后的日子也毫无分别。

“你不想躺下歇歇吗？”进了平房后沃丁顿问。

“不，我要在窗边坐一会儿。”

过去的几个礼拜她经常坐在窗边，一坐就是很长时间，现在她的眼睛已经习惯了那奇异、俗艳、美丽而又神秘的庙宇，让她觉得心神安定。它是那样虚幻，即便在正午的阳光下，它也能将她带离生命的现实。

“我让仆人给你沏点儿茶。恐怕今天上午就要安葬，我会安排一切的。”

“谢谢你。”

65

他们在三个小时后埋葬了他。他必须得被放进一口中国棺材里，就像必须躺在一张奇怪的床上才能安息，这让凯蒂感到毛骨悚然，但也没有别的办法。修女们知道沃尔特去世了，正如她们了解城里发生的每件事情一样，派人送来一个大丽花做成的十字架，既生硬又正式，似乎出自一位熟练的花匠之手。这十字架孤零零摆在中国棺材上，显得怪诞滑稽，很不相称。一切准备停当，只等着俞上校了——他派人捎信给沃丁顿，说他希望参加葬礼。他由一位副官陪同前来，一行人朝山上走去。棺材由六个苦力抬着，来到一小块空地上，那里埋葬着那位传教士，正是沃尔特接替了他的位置。沃丁顿在传教士的物品中找到一本英文祈祷书，用低沉的声音读完了葬词，带着一种在他身上很少见的窘迫。也许诵读这庄严而又骇人的句子时，他脑子里不停地回旋着这样的念头——如果轮到他成为瘟疫的牺牲品，就不会有人来给他念葬词了。棺材落入墓穴，几个掘墓人开始填土。

俞上校一直光着头站在墓坑边上，这时才戴上帽子，庄重地朝凯蒂敬了个礼，对沃丁顿说了一两句话，便带着他的副官离开了。苦力们好奇地看了一场基督教徒的葬礼，左右闲荡一阵之后，手里拖着竹竿三三两两漫步而去。凯蒂和沃丁顿等墓坑填好，又将修女们那端端正正的大丽花十字架搬去散发新鲜泥土气息的土堆上。她一直没有流泪，但第一铲土撒在棺材上时，她猝然感到一阵心痛。

她看见沃丁顿在等着她一起返回。

“你着急走吗？”她问道，“我现在还不想回平房。”

“我什么事儿也没有，完全听你吩咐。”

66

他们沿着田埂漫步攀上山顶，此处立着那座为纪念某个贞洁寡妇所建的牌楼，凯蒂对这块地方的印象深受其影响。这是一个象征物，但她不知道到底象征着什么，也说不清为什么含有一种嘲弄挖苦的讽刺。

“我们坐一会儿好吗？好久都没在这儿坐过了。”广袤的平原展现在她眼前，在清晨的阳光下显得宁静而安详。“我来这儿不过几个礼拜，可好像已过了一辈子。”

他没有答话。她也任由自己的思绪四处游荡，叹了口气。

“你认为灵魂不灭吗？”她问。

看上去他对这个问题并不惊讶。

“我怎么知道呢？”

“刚才，他们在入殓前给沃尔特擦洗的时候我看了看他，他看起来非常年轻，死得太年轻了。你还记得第一次带我散步时我们见到的那个乞丐吗？当时我给吓坏了，不是因为他死了，而是因为他看上去好像从来就不是一个人，不过是只死去的动物。现在，看着沃尔特也有种感觉，他就像一台报废的机器，这才是让人害怕的地方。如果只是一部机器的话，所有的煎熬、内心的痛苦和折磨，都是多么徒劳无益啊。”

他没有回答，唯有眼睛在他们脚下的风景上游动——欢欣明朗的清晨，浩瀚之气让心灵充满愉悦，整齐的片片稻田延伸开去，一眼望不到边，稻田里散布着蓝色衣衫的农民赶着水牛辛勤劳作。一派宁静而幸福的景象。凯蒂打破了沉默。

“我真无法向你表达，在修道院的所见对我有多么深的触动。她们简直太好了，那些修女，她们让我深感自己毫无价值。她们舍弃了一切，舍弃了自己的家庭、国家、爱情、孩子、自由，还有那些有时我觉得更难以舍弃的细小事情，鲜花、绿色的田野，秋天里的散步，书和音乐，还有舒舒服服的日子，这一切的一切，她们都舍弃了。这样做就为了将自己献身于一种只有牺牲、贫穷、遵从、繁重劳作和祈祷的生活。对她们所有人来说，这个世界是确确实实的流放之地，人生便是她们乐于背负的十字架。但在她们内心深处始终有一种愿望——哦，远比愿望更强烈，是一种渴求，急切、充满激情的渴求将她们引向永生的死亡。”

凯蒂两手紧握在一起，异常痛苦地看着他。

“哦？”

“要是没有永生呢？想一想，如果死亡确实是万物的终结，那又意味着什么吧。她们白白放弃了一切，她们被欺骗了，她们是盲从的傻瓜。”

沃丁顿认真思索了一会儿。

“我说不清。我不知道她们追求幻觉这一点是否真的那么重要，还是这种生活本身就很美好。我有个想法，唯一让我们有可能不带嫌恶地关注我们所生活的这个世界的，就是人类不断从混沌中创造出的美。他们描绘的画，他们谱出的乐曲，他们写的书，还有他们的生活。这一切中，最富于美的就是美好的生活，那是件完美的艺术品。”

凯蒂叹了口气。他说的话似乎十分艰深，但她还觉得不够。

“你听过交响音乐会吗？”他接着问。

“听过，”凯蒂微笑道，“我对音乐一无所知，但相当喜欢。”

“乐队的每个成员都在演奏他自己那件小小的乐器，你以为他了解那中庸的气氛下展开的复杂和音吗？他只关心自己的那一小部分。但他知道这支交响乐十分动听，即便没有任何听众，它也一样动听，而他十分满足于演奏自己的部分。”

“有一天你谈起了道，”过了一会儿，凯蒂说，“给我讲讲那是什么。”

沃丁顿看了看她，犹豫了一下，随后，他那张滑稽的脸上皱起一丝微笑，回答说：

“道就是道路和行道者。那是一条永恒的路，所有的生命存在行走其上，但它并非由生命存在所创造，因为它本身便是生命存在。它什么都是，又什么都不是。万物由道所生，与道相符，最后万物又回归于道。它是一块方形却无四角，是种声音却不被聆听，是幅图画却未有形状；它是一张巨大的网，网眼阔如海洋，却什么都无法穿过；它是万物寻求庇护的避难所；它无处可寻，但你‘不窥牖’便可‘见天道’；它要人学会欲无所欲，让一切顺其自然。谦卑者尽得保全，屈身者终将直立。‘祸兮，福之所依；福兮，祸之所伏’；但谁能说清什么时候会出现转折点？追求柔慈之人会如小孩子一样平和。柔慈为进攻者获取胜利，为守卫者求得保全。战胜自己的人最为强大。”

“这有意义吗？”

“偶尔，当我喝下五六杯威士忌，抬头望着繁星，我觉得也许有意义。”

两人陷入了沉默，最后还是凯蒂开了口。

“告诉我，‘死的那个是狗’这句话有什么出处吗？”

沃丁顿的嘴角现出一丝笑意，准备好了自己的回答，此刻他的感受力变得异常敏锐。凯蒂没有看他，但她表情中的某种东西让他改变了主意。

“就算有，我也不知道出自何处。”他谨慎地说，“为什么问这个？”

“没什么，只是脑子里突然想起来的，好像在哪儿听到过。”

又是一阵沉默。

“当你单独跟你丈夫在一起的时候，我跟团里那个军医谈了谈。”现在是沃丁顿说话了，“我想我们应该了解一下具体细节。”

“哦？”

“他当时很冲动，近乎歇斯底里。我不大明白他的意思，能弄清楚的是，你丈夫是在他那些实验的过程中感染的。”

“他一直在做实验。实际上他不是大夫，而是细菌学家，因此才急于到这儿来。”

“不过从军医的叙述里我无法弄清，他是意外感染还是实际上在拿自己做实验。”

凯蒂的脸色变得异常苍白，这一暗示让她浑身颤抖。沃丁顿抓起她的手。

“原谅我又提起这件事，”他温和地说，“但我认为这能让你得到安慰——我知道这种时候说些没有用的话会多么惹人心烦——沃尔特是烈士，他为科学、为他的职责而死，我觉得这一点或许对你有意义。”

凯蒂稍显不耐烦地耸了耸肩膀。

“沃尔特是因为心碎而死的。”她说。

沃丁顿没有答话。她慢慢转过身来，望着他，表情苍白、木然。

“他说‘死的那个是狗’是什么意思？是从哪儿来的？”

“那是哥德史密斯的《挽歌》里的最后一句。”[1]

67

次日一早，凯蒂来到修道院，开门的女孩看见她好像很吃惊。凯蒂刚忙活了几分钟，院长嬷嬷就进来了，走到凯蒂面前，握住她的手。

“我很高兴看见你，我亲爱的孩子。你显示出杰出的勇气，刚刚经受那么大的痛苦就回这儿来了。你也很有智慧，我相信手上应该有点儿事做，这样就能避免独坐伤心。”

凯蒂垂下眼睛，脸上微微发红，不想让院长嬷嬷看穿她的心思。

“不用我说你也知道，我们这儿的人是多么由衷地同情你。”

---

1 《挽歌》是哥德史密斯（1728–1774）创作的一首诗。大意是一个好心人领养了一条狗，起初相处融洽，突然一天狗发疯咬了人。大家都为即将死去的好心人哀叹，但是人活了下来，“死的那个是狗。”

“你们真好。”凯蒂低声说。

“我们时常为你，为你失去的那个人的灵魂祈祷。”

凯蒂没说什么。院长嬷嬷放开她的手，用冷静、权威的语气向她分配了几样任务。她拍了拍两三个孩子的头，朝他们投去她那超然而又动人的微笑，便去处理那些更为紧迫的事了。

68

一个星期过去了。这天凯蒂正在做针线活，院长嬷嬷走进屋子，在她旁边坐下，她目光敏锐地瞥了一眼凯蒂的手工。

“你缝纫做得很好，我亲爱的。在你那个环境中的年轻妇女，现在很少有这种才艺。”

“这得感谢我的母亲。”

“我相信你的母亲一定非常高兴能再见到你。”

凯蒂抬起头来。院长嬷嬷的仪态让人觉得这并不是一句随口说的客气话，她继续说：

“我允许你在你亲爱的丈夫去世后继续来这儿，是因为我认为做点儿事情能帮助你分心。我觉得那时候你不适合长途跋涉只身回香港，也不愿意让你一个人待在家里无事可做，沉湎于丧亲之痛。但现在已经过了八天，是你该走的时候了。”

“我不想走，院长嬷嬷，我想留在这儿。”

“留在这儿已经没什么意义了。你是随你丈夫一道来的，现在你丈夫已经去世。依你的状况，很快就需要人照顾了，而在这儿是办不到的。我亲爱的孩子，你的责任是尽一切力量照顾好上帝托付给你的这个小生命。”

凯蒂沉默了片刻，低下头去。

“我有一种印象，觉得自己在这儿有点儿用处，这一想法使我感到极大的快乐。我原希望你能让我继续做我的工作，直到这场瘟疫结束。”

“我们都非常感激你为我们做的一切。”院长嬷嬷说，脸上带着一丝微笑，“现在瘟疫趋于减弱，来这儿也不那么危险了，我正在等待两位修女从广东过来。她们很快就到，等她们来这儿以后，恐怕就不需要你效力了。”

凯蒂的心往下一沉，院长嬷嬷的口气不容争辩。以过去对院长嬷嬷的了解，她不讲情面，乞求也没有用。为了说服凯蒂，她在声音里带入某种语气，即使算不上恼火，至少也是易于动怒的专横武断。

“沃丁顿先生好心征询过我的建议。”

“我希望他只操心自己的事就行。”凯蒂打断了她的话。

“即使他没那么做，我也一样觉得有责任向他提出我的建议。”院长嬷嬷温和地说，“眼下你不能待在这儿，而该跟你的母亲在一起。沃丁顿先生已经和俞上校做了安排，指派得力的人护送，保证你一路安安全全。他还安排了轿夫和苦力，阿妈也跟你同行，沿途经过的城市也会做好准备。事实上，为了让你一路踏踏实实，所有能做的事情都做了。”

凯蒂双唇紧闭，她想的是，至少应该就这件仅涉及她自己的事情跟她商量一下。她不得不拿出些自制力来，以免自己的回答太过尖刻。

“那我什么时候动身？”

院长嬷嬷还是那样平心静气。

“越快越好。先返回香港，再乘船去英国。我亲爱的孩子，我们认为你最好在后天天亮时动身。”

“那么快啊。”

凯蒂有点儿想哭，不过事情明摆着，这里没她的地方了。

“你们好像都急着要把我打发掉。”她惨兮兮地说。

凯蒂从院长嬷嬷的仪态上察觉出她放松下来。她看到凯蒂准备让步，不觉间换上更为亲切的口气。凯蒂对情绪的感知力十分敏锐，想到即便是圣徒也喜欢按自己的一套行事，她眼里忽闪了一下。

“不要认为我没有领受你的善心，我亲爱的孩子，是你那令人称道的仁爱让你放不下这些自愿承担的义务。”

凯蒂直盯盯地看着前方，微微耸了一下肩膀，她知道无法将这些高尚的美德揽到自己身上，她想留下是因为没有别的地方可去。这感觉真是奇怪，这个世界上竟没有任何人在乎她是死是活。

“我无法理解你会这么不情愿回家，”院长嬷嬷和蔼地继续说着，“这个国家有不少外国人宁愿不惜代价得到你这样的机会！”

“但你不是这样，对吧，院长嬷嬷？”

“哦，我们的情况不同，我亲爱的孩子。来这儿的时候就知道，我们永远离开了自己的故乡。”

凯蒂心中那受伤的感情中涌起一种欲望——或许有点居心不良——想要在修女们的信念甲胄上找到一丝缝隙。正是这种信念令她们遗世独立，对所有天然的情感无动于衷。她想看看院长嬷嬷身上是否留有人性的弱点。

“我常常想，一个人永远见不到自己的至亲，还有成长时的环境景物，有时候是很残酷的。”

院长嬷嬷迟疑了一会儿，见凯蒂凝视着她，那美丽而又清心寡欲的面容还是那样沉静，毫无变化。

“对我的母亲来说的确很难。她现已年迈，我又是她的独女，她很想在临死前见上我一面。我希望能给她这份快乐，但这是不可能的，我们只能等到了天堂再相见了。”

“话虽如此，当一个人想到那些至爱的人，很难不去扪心自问跟他们切断联系是不是对的。”

“你在问我当初选择了这一步是否后悔吗？”院长嬷嬷突然之间容光焕发，“不，从来没后悔过。我用微不足道、毫无价值的生命换来了自我牺牲和祈祷上帝的人生。”

一阵短暂的沉默后，院长嬷嬷摆出一副更为轻松的姿态，笑了笑。

“我想请你捎带一个小包裹，等你到了马赛后帮我寄出去。我不想把它委托给中国的邮局。我马上去取来。”

“您可以明天再交给我。”凯蒂说。

“明天你太忙，没时间来这儿了，我亲爱的。你今晚就向我们告别吧，这样对你更方便些。”

她站起身来，带着那宽松的教服难以遮掩的端庄从容，离开了房间。不一会儿，圣约瑟修女走了进来，是来跟凯蒂道别的，祝她旅途愉快，说她会十分安全，因为俞上校派了得力的人护送她。修女们常常单独沿这条路旅行，从来没遇到什么威胁。她问凯蒂喜欢大海吗？Mon Dieu（我的上帝），印度洋上刮起了风暴，别提当时有多难受了。她的母亲大人见到女儿一定很高兴，凯蒂应该好好照顾自己，毕竟她现在需要关照另一个小生命。她们全都会为她祈祷的，圣约瑟修女自己会不断为她祈祷，为亲爱的小宝宝，也为那位可怜的、勇敢的医生的灵魂祈祷。眼前这个人喋喋不休，亲切而深情，但凯蒂深深地意识到，对圣约瑟修女（她专注地凝视着永恒）来说，她不过是不具肉身或本体的幽灵。她有种疯狂的冲动，想要抓住这个胖乎乎、好脾气的修女的肩膀，使劲摇晃她，朝她喊着：“你不知道我是个活人吗？我既悲惨又孤独，我需要安慰，需要同情和鼓励。哦，你就不能暂时把上帝放在一边，给我一点点怜悯？不是你们基督徒那种对苦难众生的怜悯，而是对人的那种怜悯。”

这念头让凯蒂的嘴角带上一丝微笑：圣约瑟修女听到之后得多么惊讶啊！她必然会确信目前只是稍有怀疑的事情，那就是所有英国人都是疯子。

“幸好我很适应海上航行。”凯蒂回答说，“我从来没有晕过船。”

院长嬷嬷拿着一个工工整整的小包裹回来了。

“是我为我母亲的命名日做的一些手帕。”她说，“姓名首字母是这儿的女孩子们绣的。”

圣约瑟修女建议凯蒂看看这些手工活做得多好，院长嬷嬷便带着溺爱而嗔怪的微笑解开了包裹。手帕的料子是上好的细麻布，上面用花押字绣了姓名首字母，字母上方是草莓叶子组成的花冠。凯蒂还在礼貌地对这手艺表示赞赏时，手帕又被包了起来，包裹递到她的手上。圣约瑟修女说了句“eh bien, Madame, je vous quitte.（好了，夫人，我得离开你了。）”，又重复了一遍她那礼貌而不带人情味的客气话，然后就走了。凯蒂意识到自己该跟院长告别了，她对院长嬷嬷的一番善意表示感谢后，两人一道沿着空空荡荡、墙壁粉白的走廊走了起来。

“你要在到达马赛后挂号寄出这个包裹，这不会给你添太多麻烦吧？”院长嬷嬷说。

“我一定会照办的。”凯蒂说。

她看了看上面的地址，姓名像是一个显赫人家，但吸引她注意力的，是标出的地址。

“这可是我去过的一座城堡啊，当时我跟朋友们在法国乘车周游。”

“很有可能，”院长嬷嬷说，“每周有两天允许游客参观。”

“我觉得要是生活在一个那样美丽的地方，我是绝不会有勇气离开的。”

“那地方当然是一处古迹，但我几乎没有亲切感。就算我有所抱憾，也不应该是那儿，而是我小的时候住过的小城堡。那是在比利牛斯山上，一个能听见大海的浪涛声的地方，我就在那儿出生。不可否认，有时候我会想念海浪拍击礁石的声音。”

凯蒂有一种感觉，院长嬷嬷推断着她的想法，还有她说那种话的原因，正暗暗拿她取笑。她们已经来到了修道院那狭小而朴实的门前，让凯蒂吃惊的是，院长嬷嬷伸出双臂抱住她，吻她。缺乏血色的嘴唇贴到她的脸颊上，先吻这边，随后再去吻另一边。这一举动如此突然，让凯蒂一下子红了脸，真想哭起来。

“再见，上帝保佑你，我亲爱的孩子。”她搂着凯蒂，让拥抱持续了一会儿，“记住，尽你的责任算不了什么，那是对你的要求，就像你的手脏了就得洗一样并不值得称道。唯一重要的是去爱你的责任。当爱和责任合而为一，神的恩典就会降临于你，你会享受到超乎一切认知的幸福。”

修道院的门最后一次在她身后关上。

69

沃丁顿跟凯蒂一起上山，绕了个弯去沃尔特的坟墓看了看。到了牌楼那儿，他跟她告别。最后一次望着这座牌楼，她觉得已经可以应对它外表那谜一般的讽刺了——凯蒂自身的讽刺与之不相上下。她坐上了轿子。

日子一天天过去，一路的风光成了她思绪的背景。在她眼里这些景物是双重的，圆圆的如同在立体镜里的情形，附带了某种含义，因为眼前的一切都附上了短短几周之前沿着同一条路逆向而行时留下的记忆。苦力们担着行李相互散开，两三个一伙，后面一百码又有一个单独的，接着又是两三个。护送的战士们迈着拖沓难看的步子，每天行走二十五英里。阿妈由两个轿夫抬着，但抬凯蒂轿子的是四个人，不是因为她更重，而是为了体面。他们不时遇到一连串苦力担着沉重的担子，排成一列摇摇晃晃从旁边经过。不时有一位坐着轿子的中国官员，用好奇的目光望着这个白人妇女。一会儿，他们遇到穿着褪色的蓝布衣衫、戴着大草帽的农民一路赶往市集。忽而又遇到一个女人，或许年老，或许年轻，裹着小脚蹒跚前行。他们上下翻过一座座小山丘。整齐的稻田铺展开去，一座座农舍惬意地依偎在竹林中。他们经过面目破败的小村子，也经过人口稠密的城市，四周城墙环围，像弥撒书里的城市一样。初秋的阳光令人愉快，若是黎明时分，熹微的晨光让整齐的稻田像童话一般令人迷醉。此时天气变冷，随后的温暖便让人充满感激。凯蒂怀着至福之情享受着这一切，全然不予回拒。

一路的景致生机盎然，色彩典雅优美，而相互间的差别也大得出乎意料，令人惊讶，就好像一幅幅挂毯，让凯蒂脑中的幻影犹如神秘而幽暗的形体在上面舞动着，极不真实。湄潭府那雉堞状的城墙就像画布上的画，摆在一出古老戏剧的舞台上充作城市背景。那些修女、沃丁顿，还有那个爱着他的满族女人，一个个都是假面剧中的古怪角色。而其他人，曲里拐弯的街道上那些贴着墙根悄然前行的人，还有那些死者，则是些跑龙套的无名之辈。当然，这出戏，这些演员全都被赋予了某种意义，但那意义到底是什么？就好像他们在表演一场祭神的舞蹈，而你已经知道那复杂的节奏和舞姿深含寓意，了解它对你来说至关重要，但你就是看不出眉目或线索。

凯蒂几乎无法相信（一个老太太走过田埂，她穿着蓝布衣衫，那种蓝在阳光下呈天青石色。她的脸上皱纹密布，就像陈年的象牙做成的面具。她挪动着一双小脚，佝偻着身子，拄着一根长长的黑色拐杖）她跟沃尔特也加入了这奇怪而不真实的舞蹈，还扮演了重要的角色。她很可能轻易地送了命——就像他一样。这是一个玩笑吗？或许这不过是一场梦，她会突然醒来，宽慰地舒一口气。就好像这些事发生在很久以前，在一个很遥远的地方。不可思议的是，在真实生活的明媚背景上，这出戏里的人物显得那样暗淡模糊。现在凯蒂觉得一切像是她读的一本小说，跟她的关联是那样微不足道，想想都觉得可怕。她发现自己已经无法清晰地回忆起沃丁顿的那张脸了，而以前她曾是那样熟悉。

这天晚上他们就会到达西江边上的一座城市，从那儿再乘坐汽船。这样，一夜的航行后就到香港了。

70

起初她因为在沃尔特临死前没有哭而感到羞愧，这显得太麻木不仁了。唉，就连中国军官俞上校的眼里也含着泪水。她被丈夫的去世弄得神思恍惚了，难以想象他再也不会回到平房，早上她再也不会听到他在苏州浴盆里洗澡了。他原来活着，现在却死了。那些修女对她基督徒式的听天由命十分惊奇，赞赏她忍受丧亲之痛的勇气。但沃丁顿却很精明，尽管他一本正经地表示同情，但她仍然有种感觉——该怎么说才好呢？——他口是心非，语带嘲讽。诚然，沃尔特的去世让她大为震惊，她不想他死。但是，毕竟她不爱他，从来没有爱过他。表现出适当的悲伤就很得体了。让旁人看透她的心思，那可太糟糕、太不体面了。而她已经受了太多磨难，无法再对自己假装了。在她看来，至少过去这几个礼拜的日子教会了她这一点：如果对别人撒谎有时确有必要的话，对自己撒谎则在任何时候都是卑劣的。她很难过沃尔特以那样悲惨的方式死去，但她的哀痛纯粹属于人性的伤感，就算死的只是个熟人她也会这样。她承认沃尔特有不少令人钦佩的品质，但偏巧她不喜欢他——他一直以来都让她厌烦。她不会承认他的死让她感到解脱。可以真心实意地说，如果她的一句话能让他起死回生，她会愿意说那句话，同时也无法抗拒那种感觉，就是他的死在某种程度上让她的日子稍稍轻松了些。他们在一起永远不会幸福，但想分开又难乎其难。她为自己有这种感觉而吃惊，要是人们知道了她的想法，一定会认为她既冷酷又残忍。唉，他们不会知道的。她怀疑自己的熟人心里全都揣着可耻的秘密，一辈子提防着别人好奇的窥探。

她看不清未来会怎么样，也没做任何计划，唯一清楚的是她要在香港尽可能作短暂停留。一想到自己就要抵达那里，她的心中便充满了恐惧——她宁愿坐着藤条编成的轿子永远漫游下去，穿过风光明媚、亲切友善的乡村，永远做一个冷静漠然的旁观者，任凭生活千变万化，每晚在不同的屋檐下过夜。不过，近在眉睫的事情不得不去面对：到达香港后她要去旅店，要着手把房子处理掉，变卖那些家具。她没必要再跟汤森见面，他应该有那个雅量，避免撞见她。不过，她倒是愿意再见他一次，只为了告诉他她是多么瞧不起他这个卑鄙小人。

可查尔斯·汤森有那么重要吗？

就像一把竖琴弹出欢快的琶音，以丰富的旋律贯穿交响乐那复杂的和声一样，有一个念头执拗地敲打着她的心。正是这念头让那稻田有了一种奇异的美，让她在一个没长胡须的小伙子得意地驾着赶集的大车经过她身边，用大胆的眼神看着她时，她苍白的嘴唇浮现出一丝笑意，这种念头也为她经过的每一座城市那喧嚣而纷乱的生活附上了一种魔力。瘟疫肆虐的城市是一座监狱，她已逃离那里，第一次意识到天空的湛蓝是如此美好，一丛丛竹林优雅可爱地俯身越过堤道，身临其境是多么快乐。自由！这便是一直萦绕在她心中的念头。尽管未来仍旧模糊，这一念头却像河上的薄雾，在清晨阳光的照耀下焕发虹彩。自由！不仅仅是挣脱烦恼的束缚，解除那让她消沉的伴侣关系的自由。自由！不仅是逃离死亡威胁的自由，更是逃离让她降低人格的爱情，逃脱所有精神束缚的自由，一种抽离出肉体的精神的自由。与自由相伴的，还有勇气，以及无论发生什么都毫不在乎的坚强气质。

71

船在香港靠了岸，一直站在甲板上望着河面五颜六色、生机勃勃的往来船只的凯蒂，这时返回客舱，看看阿妈落下什么东西没有。她对着镜子看了一眼：一身素黑，是修女们为她染的一件衣服，权当作服丧。此时她脑中闪过一个念头，要着手做的第一件事情就是置装，居丧的装束恰好可以有效遮掩她意外流露出的感情。

有人敲舱门，阿妈把门打开。

“费恩太太。”

凯蒂转过身，并没有立刻认出这个人是谁。接着，她的心猛地跳了几下，脸一下子红了起来。来人是多萝西·汤森。凯蒂怎么也没想到自己会见到她，一时不知怎么办才好，也不知道该说些什么。汤森太太走进客舱，冲动地伸出胳膊搂住了凯蒂。

“哦，亲爱的，亲爱的，我真是太为你难过了。”

凯蒂由着她亲吻了几下，感到有些惊讶：一个一直让她觉得冷酷而疏远的女人，怎么会如此热情洋溢？

“真是太感谢你了。”凯蒂喃喃地说。

“去甲板上吧。阿妈会关照你的行李，我的仆人也都过来了。”

她拉起凯蒂的手，凯蒂顺从地跟着，注意到她那表情和善、久经风吹日晒的脸上流露出真心的关切。

“你的船提前到了，我差点没能赶上。”汤森太太说，“要是没接到你的话，我绝对饶不了自己。”

“可你不是特意来接我的吧？”凯蒂惊呼道。

“我当然是了。”

“但是，你怎么知道我要来？”

“沃丁顿先生给我发了一封电报。”

凯蒂转过身去，她的喉咙哽咽了。真是怪了，这样一点点意料之外的好意竟会如此打动她。她不想哭，希望多萝西·汤森走开，但多萝西抓起凯蒂离她近的一只手，揉捏着。这个腼腆的女人竟如此感情外露，让凯蒂很不好意思。

“我想让你帮我一个大忙，查理和我希望你在香港这段时间能跟我们住在一起。”

凯蒂连忙抽回自己的手。

“你们太客气了，我不可能去。”

“可你一定得去。你不能孤单单一个人去住原来的房子，那样就太可怕了。我已经全都安排好了，你有自己的起居室，可以自己在那儿吃饭，如果不想跟我们一道进餐的话。我们两个都想让你来。”

“我并没想住原来的房子，是打算在香港酒店订一个房间。我绝不能给你们添这么多麻烦。”

这一提议让凯蒂吃惊不小，她既困惑又感到恼火。如果查理还讲究一点点体面，他都不会让他的妻子发出这种邀请。她不想欠他们任何一方的人情。

“唉，可我实在受不了让你去住酒店，而且，这会儿的香港酒店肯定会让你生厌。那里到处是人，乐队的爵士乐整天吵个不停。求你快答应去我们那儿吧，我保证查理跟我绝不会打扰你。”

“我不知道你们为什么要对我这么好。”凯蒂越发找不出推辞的借口了，她没法让自己毫不客气地断然说出那个“不”字，“恐怕眼下我跟陌生人住在一起不太合适。”

“可我们跟你是陌生人吗？哦，我可不愿那样想，我希望你让我成为你的朋友。”多萝西双手紧握，她的声音，那沉静、审慎和尊贵的声音颤抖着，眼里含着泪水，“我太想让你来了。你瞧，我要借此向你赔罪。”

凯蒂没弄明白这话什么意思，查理的妻子对她有什么亏欠？

“恐怕我一开始并不太喜欢你，觉得你有点儿浪荡。你知道，我太老套了，也觉得自己气量狭窄。”

凯蒂瞥了她一眼，她的意思是说起初她认为凯蒂粗俗。尽管不让自己表露出来，但凯蒂心里却在哈哈大笑：现在她才不在乎别人对她怎么看呢！

“当我听说你跟你丈夫去了那块死亡之地，没有片刻的犹豫，就觉得自己真是太卑鄙了。我太羞愧了，你那么出色，又那么勇敢，让我们这些人显得一钱不值，统统是二流货色。”说到这儿，眼泪顺着她那和善、亲切的脸上流了下来，“我实在无法表达对你有多么钦佩。我知道，无论做什么都无法弥补你所承受的巨大损失，但我想让你知道我是多么真诚地同情你。如果容许我为你做一点点事情，就是对我莫大的恩典。不要因为我错怪了你而怀恨在心，你是位英雄，而我只是个荒唐可笑的傻女人。”

凯蒂低头看着甲板，很是苍白无力。真希望多萝西不要这样控制不住自己的情绪。她被打动了，这是真的。但又难免心生厌烦，觉得这个头脑简单的女人竟会相信这些谎言。

“如果你真的想让我去，我当然也很高兴。”她叹息着说。

72

汤森家住在山顶上一座俯瞰辽阔海景的房子里。查理通常不回家吃午饭，但凯蒂到达的那天，多萝西对她说，如果她想见见他，他就回家一趟向她表示欢迎。凯蒂想了想，觉得既然免不了要见到他，倒不如马上就见。她悻悻然感到有些好笑，等着看他到时那副尴尬相。她很清楚邀请她来家里是他妻子一时兴起，他也顾不得自己的感受便立刻同意了。凯蒂了解他，他那种办事永远追求体面恰当的愿望是何等强烈，而热情款待她显然是再正确不过的事情。不过，若是他回想起他们最后一次会面的情景，也很难不感到羞愧吧：对汤森这样虚荣自负的人来说，这就像一块无法愈合的溃疡。他深深伤害了她，她希望自己也能同样伤害他。他现在大概恨她吧，她高兴地想到她不恨他，只是鄙视他。反正，不管他心里是怎么想的，他都不得不对她大加奉承，这可真是既讽刺又令人满足。那天下午她离开他的办公室时，他一定满心希望自己这辈子再也不要见到她。

而现在，她跟多萝西坐在一起，等着他走进来。在这间豪华的起居室里，她意识到自己内心的喜悦。她坐在一把扶手椅里，周围到处摆着可爱的鲜花，墙上挂着一幅幅悦目的图画。窗户遮了阴，很是凉爽，让人感到舒适自在。想起传教士住过的那间空荡荡的平房，她不禁打了个冷战。那几把藤椅和厨房的餐桌，桌子上铺的棉桌布，污迹斑斑的书架上摆着一本本廉价版的小说，还有那几块尺寸不足、布满灰尘的窗帘。唉，那一切真是让人不舒服啊！恐怕这些多萝西连想都没有想过。

她们听见一辆汽车由远而近驶来，随后，查理大步走进了房间。

“我来迟了吗？但愿我没有让你们久等。我得去见总督，实在走不开。”

他走到凯蒂面前，握住她的双手。

“我非常、非常高兴你能来这儿。我想多萝西已经跟你说过，我们希望你住在这儿，愿意住多久就住多久，希望你把我们这房子看成自己的家。我也愿意亲口把这些话说给你：如果天底下有什么事情我能为你效劳，我会感到非常高兴。”他的眼里流露出迷人的真诚，让她怀疑他是否看出她眼里的嘲讽。“我实在是笨嘴拙舌，有些话说不出来，又不想让人觉得笨头笨脑，但我很想让你知道我多么同情你丈夫去世这件事。他是个了不得的好兄弟，这边的人都会很想念他的。”

“别说了，查理。”他妻子开口了，“我相信凯蒂明白……鸡尾酒送过来了。”

按照外国人在中国的铺张习惯，两个穿着制服的中国男仆走进房间，端来几样开胃菜和几杯鸡尾酒。凯蒂拒绝了。

“哦，你应该喝上一杯，”汤森带着一贯的爽快和热忱坚持道，“这对你有好处，而且我相信自打你离开香港后一定没喝过鸡尾酒这东西。除非我彻底搞错了，我相信你们在湄潭府没法弄到冰。”

"你没搞错。"凯蒂说。

一时间她的脑海里浮现出一幅图景——那个蓬头垢面的乞丐，身上的蓝布衣裳破破烂烂，看得见里面瘦骨嶙峋的肢体，就那样躺在围墙边上死去。

73

他们开始享用午餐。查理坐在桌子的上首位置，轻松地掌控着话题。说过开头那几句同情的话后，他便不再把凯蒂当作刚刚经受了灾难性痛苦的人，而更像是刚刚动过阑尾手术，从上海来这儿改换一下心境。她需要快活起来，而他也准备好让她快活。要让她感觉自在，最好就是把她当成家庭一员对待。他是个很有手段的人，开始谈论秋季赛马大会，还有马球——天哪，要是他无法把体重降下来，那就不得不放弃马球了。然后又说到他上午跟总督聊天的事情。他谈起他们在海军上将的旗舰上参加的那场舞会，谈到广东的时局，以及庐山的高尔夫球场。几分钟后凯蒂便觉得自己不过是周末离开了一两天而已。让人难以置信的是，在六百英里外的内地乡村（距离相当于伦敦到爱丁堡那么远，对吧？），男人、女人和孩子们像苍蝇一般成批死去。不一会儿，她便发现自己已经在打听某个打马球时折断锁骨的人怎么样了，这位太太是否回家了，或者那位先生有没有在打网球锦标赛。查理说着自己拿手的小笑话，她对之报以微笑。多萝西带着些微的优越感（现在也把凯蒂包括了进去，因此就不再让人稍稍觉得冒犯，反而成了联结她们的纽带）温和地挖苦殖民地的各色人物。凯蒂开始有些活跃了。

“是啊，她看上去已经好多了。”查理对他的妻子说，“午餐前她那么苍白，简直吓我一跳，这会儿脸颊上已经有点儿颜色了。”

凯蒂即便不是兴高采烈（她觉得无论是多萝西，还是抱有令人钦佩的礼仪观念的查理都不会赞同她那样做），至少也是带着轻松愉快的神情参与到谈话中的。与此同时，她也观察着东道主。在她怀着复仇的幻想，全部心思都被他占据的那几个礼拜，她在心目中拼合出了他异常生动的印象：那浓密、卷翘的头发梳理得极为仔细；为了掩盖渐渐灰白的头发，又涂了太多的头油；脸膛通红，脸颊上布满淡紫色的网状脉管，颚骨太过肥大；当他不刻意抬起头掩饰时，能看到他的双下巴；他那对猿猴般浓密、花白的眉毛，让她隐隐感到厌恶；他动作沉重，虽说注意饮食，又经常运动，却未能避免渐渐发胖；他的骨骼覆满赘肉，关节像中年人那样僵硬；时髦的衣服略嫌紧身，对他来说过于年轻了。

但是，当他在午餐前走进客厅时，还是令凯蒂感到相当震惊（或许因此她苍白的脸色才那样显眼），因为她发现自己的想象跟她开了个怪异的玩笑：他丝毫不像她心中描绘的那个样子。她忍不住嘲笑起自己来：他的头发没有一丝灰白，哦，只有鬓角那里有几根白发，但也很相称；他的脸也不红，不过是晒得黝黑；他的脑袋和脖子都好端端的；他既不粗胖也不老：事实上他很显瘦，身材十分健美——如果说这让他有一点点自负，难道你能苛责他吗？他俨然还是个年轻人；当然他知道怎么穿衣打扮，他看上去整洁、干净、端庄得体，否认这一点是荒谬可笑的。她到底中了哪门子邪，把他如此这般胡乱想象？他是个非常英俊的男人，幸运的是她知道他是多么卑鄙而不足取。当然，她一直都承认他的声音带有一种迷人的特质，跟她记忆中的完全一样：这声音让他说出的每一个虚伪的字眼更让人恼火。那柔和而温暖的音调回响在她耳边，现在听上去是那样伪善，让她纳闷自己怎么会被它欺骗了。他的眼睛很漂亮，这便是他的魅力所在，其中闪烁着温和、湛蓝的光彩，哪怕他在梦呓般地胡诌，那神情仍然讨人喜欢。要想不被这双眼睛打动，几乎是不可能的。

终于，咖啡端上来了。查理点上他的平头雪茄，看了看手表，从桌边站起身来。

“哦，我得走了，留你们两位年轻女士自便吧。现在我得回办公室去。”他停顿了一下，随后用友善、迷人的眼睛望着凯蒂，对她说，“这一两天我不会打扰你，让你好好休息。然后，我就要跟你商量点儿事情。”

“跟我？”

“我们得着手处置你那所房子，你知道。此外还有家具。”

“哦，不过这事儿我可以找个律师，没理由要来麻烦你。”

“我可不会让你把钱浪费在雇请律师上面，这些统统都由我来操办。你知道，你有权获得一份抚恤金，我会去跟总督大人谈谈，看能否在某些方面通融一下，为你额外多争取一点儿。你只管把自己的事托付给我好了。不过先什么都别操心，我们只希望你恢复健康。我说得对吧，多萝西？”

“当然了。”

他朝凯蒂轻轻一点头，然后走到他妻子的椅子旁，拉起她的手吻了一下。大多数英国男人亲吻女人的手都显得有点儿蠢笨，他却做得优雅自如。

74

直到凯蒂在汤森家完全安定下来，她才发觉自己很是疲惫。安逸的生活、一时难以适应的礼仪和环境驱散了她一直以来的压力，她都忘了一个人自由自在是多么愉快，被各种漂亮东西包围是多么让人心安神宁，受人关注是多么惬意。她宽心地长舒一口气，沉浸在轻松浮泛的东方式享乐中。以一种谦逊而有教养的姿态成为众人同情和关心的对象，似乎也不会让她不高兴。刚刚经历丧亲之痛，人们也不可能给她安排什么娱乐活动，不过殖民地那些有身份的太太（总督阁下的妻子、海军上将的妻子和首席法官的妻子）都来过，安静地跟她喝上一杯茶。总督阁下的妻子说，总督很想见见她，如果她愿意安安静静地来总督府吃顿午餐（“当然不是社交聚会，只有我们，外加几个副官！”），该有多好。这些太太把凯蒂当成一件贵重易碎的瓷器，或是一个小英雄，她看得出。她也不乏度量，庄重审慎地扮演着这一角色。有时候她真希望沃丁顿也在这儿，以他的刻毒与精明，自然看得出这里头的可笑之处，事后只剩他俩时准会哈哈大笑。多萝西收到了一封他写来的信，其中极力述说了她热情投入修道院的工作，赞扬她勇气可嘉，沉着克制。他这是在使手腕耍弄他们，这个龌龊的家伙。

75

不知是出于偶然还是潜意识提防，她发现自己从未单独跟查理待过。他实在是既老练又周到，和从前一样和蔼、体贴、活泼而亲切，任何人也猜不到他们二人的关系不仅仅是相识而已。直到一天下午，她正躺在自己房门外的沙发上读书，而他沿着走廊来到这边，停下了脚步。

“你在读什么？”他问道。

“一本书。”

她一脸挖苦地看着他，他笑了笑。

“多萝西去总督府的花园聚会了。”

“我知道。你为什么没一道去？”

“我在那儿待不住，便想到还是回来陪陪你。车停在外面，你愿意去岛上兜兜风吗？”

“不，谢谢你。”

他在她躺着的沙发一端坐下。

“自从你来这儿后，我们还没有机会单独说说话呢。”

她用傲然的目光冷冷地直视着他的眼睛。

“你认为我们彼此还有什么好说的吗？”

“千言万语道不尽。”

她挪了挪自己的脚，省得碰着他。

“你还在生我的气？”他问道，嘴角和两眼中的淡淡微笑让人心软。

“一点也不。”她笑了起来。

“我觉得你要是不生气的话，就不会这么笑。”

“你弄错了。我鄙视你还来不及呢，哪顾得上生你的气。”

他不为所动。

“我认为你对我太苛刻了。冷静地回想一下，难道你心里不觉得我是对的吗？”

“那是以你的立场。”

“现在你了解了多萝西，你总得承认她相当不错吧？”

“当然。我会永远感激她给予我的体贴和关爱。”

“她是万里挑一。如果当初一逃了之，我就永远不会有片刻的安宁。不能用那种低级的手段耍弄她，说到底我还得为我的孩子们着想，那样的行为对他们来说是极其不利的。”

有一分钟的工夫，她若有所思地盯着他，觉得自己完全能控制住局面。

“我来这儿以后的一个礼拜，一直在细心观察你，得出的结论是你的确很喜欢多萝西，我从来没有想过你能这样。”

“我告诉过你我很喜欢她。我不会做任何哪怕引起她片刻不安的事情，一个男人找不到比她更好的妻子了。”

“你有没有想过你欠她一份忠诚？”

“眼不见心不烦啊。”他笑了。

她耸了耸肩膀。

“你真卑鄙。”

“我是个活人。我不明白，怎么只因为我爱你爱得神魂颠倒，你就把我看成了无耻之徒？我也不是特意要这样的，你知道。”

听他这么说，她的心弦一阵颤动。

“我不过是你随手虏获的一个猎物罢了。”她恨恨地答道。

“当然我没法预见我们会落到这种倒霉的地步。”

“不管怎么说你都有一套精明的打算，就算有人倒霉的话，也不会是你。”

“我觉得这话有点儿过分了。毕竟现在一切都过去了，你得明白我一番表现是为了我们两个人好。当时你昏了头，应该高兴我依然保持着理智。如果按照你的要求做了，你认为会成功吗？我们当初在油锅上忍受煎熬，但也很有可能掉进火中，那下场就更糟了。到头来，你也没受到什么伤害吧？为什么我们不能亲吻一下，做个朋友呢？”

她差点大声笑起来。

“你别想让我忘了你当初毫不内疚把我送上一条死路。”

“哦，简直是一派胡言！我告诉过你，如果你采取了合理的预防措施就不会有危险。要是我没有完全确信这一点的话，你认为我还会让你去吗？”

“你确信是因为你想那样，你跟那帮懦夫一样，怎么对自己有利就怎么想。”

“布丁好不好，吃了才知道。你回来了，如果你不介意我说句可能引起反感的话，你这次回来比以前更漂亮了。”

“那沃尔特呢？”

他无法抗拒脑子里冒出来的一句诙谐的应答，笑着说道：“没有比黑色的衣服更适合你了。”

她盯着他看了一会儿，泪水溢满了眼眶。她哭了起来，美丽的脸庞因悲痛而扭曲着，她也不去遮掩，仰面躺在那儿，两手摊在一边。

“看在上帝的份上，快别那样哭了。我可不是有意说什么刻薄话，只是句玩笑而已，你知道我是多么真心同情你的丧亲之痛。”

“唉，把你愚蠢的嘴巴闭上。”

“我愿意付出任何代价让沃尔特回来。”

“他是因为你和我而死的。”

他拉起她的手，但她猛地抽了回去。

“请走开吧，”她抽泣着说，“这是你现在唯一能为我做的事情。我恨你，鄙视你。沃尔特好过你十倍，我是天大的傻瓜，竟没有看到这一点。走开，走开吧。”

她看到他又要说什么，便一下子跳起来，走进她的房间。他跟着她走了进去，进来后便以一种本能的谨慎拉上了百叶窗板，让他们几乎处在黑暗之中。

“我不能就这样离开你，”他说，伸出胳膊抱住了她，“你知道我不是故意要伤害你。”

“不要碰我！看在上帝的份上，走开。”

她挣扎着摆脱他，但他不肯放开。现在她歇斯底里地哭起来。

“亲爱的，你不知道我一直都爱着你吗？”他用深沉而迷人的声音说，“我比以前更爱你了。”

“这种谎话你也说得出口！放开我。该死，快放开我。”

“别对我这么薄情，凯蒂。我知道我以前对你太残忍了，但还是原谅我吧。”

她哆嗦着，抽泣着，想从他身边挣脱出去，但他紧搂的双臂奇怪地令她感到抚慰。她曾那样渴望再次感受这拥抱，哪怕只有一次。她的身体瑟瑟发抖，她觉得自己虚弱极了，就好像全身的骨头都在融化，对沃尔特的悲伤转变成了对自己的怜悯。

“唉，你怎么能对我那么心狠？”她抽泣着说，“难道你不知道我全身心地爱你吗？从来没有人像我那样爱你。”

“我的宝贝儿。”

他开始亲吻她。

“不，不。”她叫道。

他朝她的脸凑过来，但她扭过头去，他又朝她的嘴唇凑过去。她不知他在说着什么，断断续续，一句句热切的情话。他的胳膊搂得那样坚实，让她觉得自己像一个走失的孩子，现在终于安全回了家。她轻声呻吟着，眼睛闭起，脸已被泪水打湿。接着他找到了她的嘴唇，他的唇吻像一股上帝的火焰燃遍她的全身。心醉神迷之间，她被烧成灰烬，通体放光，就好像她发生了变形。在梦里，在梦里她曾体会过这种狂喜。他现在要跟她做什么？她不知道。她已不再是一个女人，她为人的个性消散了，不过成了欲望本身。他把她抱了起来，她轻盈地待在他的怀里。他抱着她，她紧贴着他，充满渴望和爱慕。她的头陷在枕头里，他紧贴上来，与她唇吻相合。

76

她坐在床沿，两手捂着脸。

“你想喝口水吗？”

她摇了摇头。他走到盥洗台那儿，用刷牙杯接满水端给她。

“好啦，喝点儿水，你感觉会好一些。”

他把杯子递到她嘴边，她啜饮了几口，接着用惊恐的眼神盯着他。

他就站在她身边，低头看着她，眼里闪着自鸣得意的神色。

“好了，你还像之前那样，觉得我是个卑鄙小人吗？”他问。

她垂下目光。

“是的，但我知道自己比你也强不了多少。天哪，我太可耻了。”

“哦，我觉得你真是忘恩负义。”

“你现在可以走了吗？”

“说实话还真是时候了，我得赶在多萝西回来之前拾掇一番。”

他迈着轻快的步子走出了房间。

凯蒂坐在床沿没动，像个傻子一样佝偻着腰，脑中空空如也。一阵颤栗传遍全身，她踉跄着站了起来，朝梳妆台走去，瘫坐在椅子里。她盯视着镜子中的自己：眼睛哭肿了，脸上污迹斑斑，一侧还有块红印，是他的脸贴在那儿留下的。她惊恐地看着自己，还是同一张脸，她本以为能看出某种她所不知的堕落痕迹。

“畜生，”她对着镜子里的自己大声咒骂，“畜生。”

然后，她把头伏在自己的胳膊上痛哭起来。可耻，真是可耻！她不知道自己是中了什么邪，这太可怕了，她恨他，她恨自己。那阵狂喜令人迷醉，啊，太可恶了！她再也不会去看他的那张脸。他太有道理了，他不娶她就对了，因为她一钱不值，比一个娼妓好不到哪儿去，哦，甚至更坏，因为那些可怜的女人是为了面包才卖身的。甚至还是在这所房子里，是多萝西看她孤苦无告才将她引进门的！她的肩膀随着抽泣颤抖着，一切都完结了。她以为自己变了，以为自己意志坚强，会以一个冷静自持的女人的面目回到香港。心中掠过一个个崭新的念头，就像阳光下翻飞的黄色蝴蝶，让她对美好的未来充满期望。自由就像光的精灵召唤她，整个世界犹如一片广袤的平原，任她迈着轻快的步子昂首前行。她原以为自己已摆脱了肉欲和卑劣的情爱，足以过上一种纯洁健康的精神生活。她曾将自己比作黄昏时分悠然飞跃稻田的白鹭，它们就像安闲自处的头脑中翩然翱翔的片片思绪，可实际上她却仍是欲望的奴隶。软弱啊，软弱！现在毫无希望了，没必要再去勉强，她不过是个荡妇。

她不打算去吃晚饭，她让仆人去告诉多萝西，说她头痛，想待在自己的房间。多萝西来了，看见她眼睛又红又肿，便带着惯有的温柔和怜悯心肠跟她聊了些琐事。凯蒂知道多萝茜以为她是为了沃尔特的缘故才哭的，自然像一个善良而富于爱心的妻子那样抱以同情，尊重这自然流露的悲伤。

“我知道你很难过，亲爱的，”她离开凯蒂的时候说，“但你必须拿出勇气来，我相信你那亲爱的丈夫不希望你为他而哀痛。”

77

第二天早上凯蒂早早起了床，给多萝西留了一张纸条说她外出办事，便搭上有轨电车下山去了。街上十分拥挤，到处是汽车、人力车和轿子，形形色色的欧洲人和中国人混杂在一起。她穿街走巷来到半岛东方轮船公司的办事处。两天后有一艘船启航，这是最早出港的船了，她拿定主意不惜一切代价也要登上它。办事员告诉她所有舱位都订出去了，她便说自己要见总代理。她通报了自己的姓名，那位跟她曾有过一面之缘的代理出来，将她带进他的办公室。他知道她的境况，在她表明自己的愿望后便派人取来乘客名单。他看着名单，面露难色。

“我恳求你尽量帮帮我。”她催促说。

“我想，殖民地的每个人都会愿意为你做任何事情，费恩太太。”他回答说。

他派人叫来办事员询问了一番，然后点了点头。

“我要调换一两个人的位置。我知道你想回家，我们应该尽最大努力为你效劳。我可以给你单独安排一个小客舱，会让你更喜欢的。”

她谢过了他，心情愉快地离开了。快逃！她心里只有这一个念头。快逃！她给父亲发了一封电报，通告说她即刻回国。之前她已经发过电报告知沃尔特的死讯。随后，她回到了汤森家，把订了船票的事告诉了多萝西。

“没你在这儿，我们都会感到非常难过，”这善良的女人说，“但我自然理解你想待在父母亲的身边。”

自从返回香港后，凯蒂一再拖延，迟迟不愿去她那所房子。她实在害怕再次走进那扇门，面对那些与其寓居者有关的记忆。现在她没别的选择了。汤森把出售家具的事情安排妥当，他已经找到一个急于继续租赁的人，但那里还有她跟沃尔特的全部衣物，他们去湄潭府的时候几乎什么都没带，此外还有书、照片和其他零碎的东西。凯蒂对所有东西都无所谓，急于跟过去一刀两断，她明白如果任由这些东西统统拉去拍卖行，就会触怒殖民地敏感的神经，必然会全部打包寄到她的名下。于是午饭后她便准备回去一趟。多萝西热心帮忙，提出要陪她，可凯蒂央求让她一个人去，最后只好同意带上多萝西的两个男仆协助装箱。

这所房子一直由仆人领班照看着，他给凯蒂开了门。像个陌生人一样走进自己的房子，不免有种奇怪的感觉。里面很是整洁干净，各样物件各居其位，以备随时取用。尽管这一天和暖晴朗，寂然无声的几间房里却是一片阴森凄凉。一件件家具恰当但生硬地摆在该摆的地方，原来插着花的几个花瓶也留在原位。凯蒂不知何时倒扣在那儿的书也原封未动，就像在一分钟内人去屋空，而这一分钟却包含着永恒，让你无法想象这座房子里会再次响起欢声笑语。钢琴上放着一本打开的狐步舞乐谱，似乎正等着人来弹奏，但还有另一种感觉，假如你按下琴键，它不会发出声音。沃尔特的房间就像他在的时候一样整洁：斗柜上摆着两张凯蒂的大照片，其中一张她穿着引荐会时的衣服，另一张则是结婚的礼服。

仆人们从储藏室取来行李箱，她站在一旁指点装箱。他们灵巧、利索地打着行李。凯蒂想，剩下的这两天应该能轻松做完这些事情。绝不能让自己胡思乱想，没有时间了。忽然身后传来一阵脚步声，她转身便看见了查尔斯·汤森，她心里猛地一凉。

“你来干什么？”她说。

“能去你的起居室吗？我有话跟你说。”

“我很忙。”

“只占你五分钟时间。”

她没再说话，只是对仆人吩咐了一句，让他们继续干活，将查尔斯引进旁边的房间。她没有坐下，以此表示不希望他耽搁太久。她知道自己脸色十分苍白，心也跳得厉害，但还是冷冷地面对着他，眼里充满敌意。

“你有什么事？”

“我刚听多萝西说你后天要走。她告诉我你到这儿来收拾东西，让我打电话给你，问问有没有什么需要我帮忙的。”

“非常感谢你，但我完全能够应付。”

“就料到会是这样。我来这儿不是为了这个，而是问问你如此突然离去是不是因为昨天的事情。”

“你和多萝西对我很好，我不希望让你们觉得我在利用你们的好脾气。”

“这回答太拐弯抹角了。”

“这跟你有什么关系呢？”

“关系重大，我可不希望是我做了什么事情把你逼走的。”

她在桌子旁边站着，低下头，目光落在了《随笔》上，这是几个月以前的旧报了。在那个可怕的夜晚，沃尔特一直盯着它——可现在，沃尔特已经……她抬起眼睛。

“我觉得我彻底堕落了。你不可能像我那样鄙视我自己。”

“但我并不鄙视你，我昨天说的每个字都是当真的。就这么逃了算什么呢？我不明白为什么我们不能成为好朋友，我可不想让你觉得我怠慢了你。”

“为什么你不能让我一个人清净清净？”

“真见鬼，我又不是一根木头，一块石头。你这么看待这件事，实在太不合情理了，这太不健康了。昨天之后我还以为你会对我好一点儿。毕竟，我们都是人嘛。”

“我不觉得我是人，我觉得自己像动物，一头猪、一只兔子或者一条狗。唉，我不怪你，我也是一样坏。我屈服于你是因为我想要你，但那不是真正的我。我不是那个可恶、下流、淫荡的女人，我不认她是我。躺在那张床上渴求你的人不是我，因为我在坟墓里的丈夫尸骨未寒，你妻子对我又这么好，好得难以形容。那不过是我身体里的兽性，像恶灵一样愚昧可怕，我不认同它，痛恨它，鄙视它。从那以后，每当我想到它，我就恶心得要呕吐。”

他皱了皱眉，不太自在地笑了一声。

“我算是相当豁达大度了，但有时候你嘴里说出来的东西实在让我震惊。”

“那我就很抱歉了，你最好现在就走。你是个一文不值的小人，是我愚蠢，才会跟你这么一本正经地谈下去。”

他没有马上回答，她从他蓝眼睛的神色中看出他被惹火了。他大概会如释重负地叹一口气，以惯有的老练和谦恭为她送行。一想到他们相互握手、他祝她旅途愉快、她也感谢他的殷勤款待时那种彬彬有礼的样子，她就觉得好笑。但这时她看到他的表情变了。

“多萝西告诉我你要生孩子了。”他说。

她觉得自己脸红了，但不让自己做出任何表示。

“是的。”

“我有可能是孩子的父亲吗？”

“不。不，是沃尔特的孩子。”

她说话时难免加重了语气，但话一出口，她便觉得这种腔调毫无说服力。

“你肯定吗？”现在他露出一脸坏笑，“毕竟，你跟沃尔特结婚两年来什么都没有发生，日期上好像也十分吻合。我认为孩子更可能是我的，而不是沃尔特的。”

“我宁可杀了自己也不愿意生下你的孩子。”

“哎呀，好啦，简直是胡扯。我可是欢天喜地，又高兴又自豪呢。但愿是个女孩，你知道，我跟多萝西只有几个男孩。用不了多长时间你就会弄清楚的，你知道，我的三个小家伙全都跟我一模一样。”

他又变回原来那种快活样子，她知道这是为什么。假如孩子是他的，尽管她再也不想见到他，但也不可能彻底避开。他的掌控力会延伸过来，不管在明里暗里，肯定会继续影响她每一天的生活。

“你实在是个最虚荣、最昏庸的笨蛋，我活该倒霉才遇上了你。”她说。

78

轮船驶入马赛港。凯蒂望着那高低错落、美轮美奂的海岸线在阳光下熠熠生辉，猛然间看见圣母玛利亚的金色雕像矗立在圣玛丽亚大教堂的顶部，作为保佑海上水手安全的象征。她想起了湄潭府修道院里的那些修女永远离开自己的家乡时，跪着望向远处渐渐隐去的雕像，变成蓝天上一束金色的火苗，以祈祷来减轻离别之痛。

她两手相扣，向她所不知的某种神灵祈福。

在漫长而平静的旅途中，她不停思考着发生在自己身上的那件可怕的事。她无法理解，这太出乎意料了，到底是什么攫住了她，让她即便那么鄙视他，全身心地鄙视他，却还是急不可耐地投入查理那肮脏的怀抱？她怒火中烧，对自己的厌恶让她心神不宁，大概永远不会忘记这一耻辱。她哭个不停，但随着香港渐渐远去，她的怨怼之情不觉间变得寡淡，一切似乎都发生在另一个世界。就像一个人突然害了癫痫病，恢复过来时依稀记得他身不由已做下的怪诞之事，感到痛苦又惭愧。但因为知道是身不由己，他至少在自己眼里觉得应该获得宽宥。凯蒂认为，一个慷慨大度的人或许会怜悯她而不是责难她。但一想到自信心就这样可悲地破灭了，她又叹了口气。曾几何时，展现在她眼前的似乎是一片坦途，现在看来这条路崎岖艰险，一处处陷阱在等待着她。印度洋的开阔水域和凄美的落日景色让她平静下来。现在似乎正朝着某个国度徐徐进发，在那里她可以自由控制灵魂。如果非得以一场艰苦斗争为代价才能收复她的自尊，那好，她必拿出勇气泰然面对。

未来是孤独而艰难的。在塞得港她曾收到一封母亲回复她电报的信。信很长，用的是母亲青年时代年轻小姐们学习的又大又夸张的字体。字里行间工整的装饰感给人一种缺乏诚意的印象。贾斯汀太太对沃尔特的去世表示哀悼，非常同情女儿的不幸，也担心凯蒂生计上缺乏保障，不过殖民部自然会发放抚恤金。她得知凯蒂返回英国十分高兴，女儿当然该跟父母住在一起，直到孩子生下来。接下来是一些凯蒂必须遵守的条条框框，以及她妹妹多丽丝分娩的种种细节，还有小男孩现在已经多重了，他祖父说从未见过这么可爱的孩子。多丽丝现在又怀孕了，他们希望再生一个男孩，以确保从男爵的爵位继承下去。

凯蒂看出这封信的用意在于确定这一邀请的具体期限，贾斯汀太太无意背上一个境况普通的寡居女儿的包袱。这真是奇怪啊，她回想起母亲当初是那样热切地将她塑造成被人崇拜的形象，可现在，对她失望了，发现她不过是个累赘。父母与子女之间的关系多么奇怪！小的时候饱受父母溺爱，孩子常有的小病小灾每每让他们提心吊胆，历经煎熬，孩子们也依恋父母，爱戴、崇敬他们。几年过去后，孩子们长大了，对他们的幸福来说，亲属之外的一些人反倒比他们的父亲母亲更加重要。冷漠取代了以往那盲目、本能的爱，连彼此见面也成了厌烦和恼怒的来源。从前一想到要分别一个月就会心烦意乱，现在他们就算几年不见也会安之若素。其实母亲用不着担心，一旦有机会她就会自己单独安家。不过她还需要一些时间，目前一切还不清楚，她勾画不出任何未来的图景——也许她在分娩时死掉，那样倒是一了百了。

结果船停靠码头后，又有两封信交到她的手上。她惊讶地认出那是父亲的笔迹，印象中他从来未曾给她写过信。信中没有流露感情，开头只是写着：亲爱的凯蒂。他告诉她，这是在代替她母亲写信。

母亲身体欠佳，不得不去一家私立医院动手术。不过凯蒂没必要害怕，还是按她原来的打算绕海路回国，直接穿越陆路要贵得多，再说，母亲不在家，她待在哈林顿花园的房子里也有诸多不便。另一封信是多丽丝写来的，开头便是“凯蒂宝贝儿”，这并不是说她对凯蒂有什么特别的感情——她给所有认识的人写信都这样开头。

凯蒂宝贝儿：

我想父亲已经给你写了信。母亲得去做一次手术，看来去年她就已经很不舒服了，但你知道她讨厌医生，一直自己服用那些成药。我也弄不清她到底得的什么病，她一心要保守秘密，要是盘问，准得大发雷霆。她看上去糟糕极了，我要是你的话，就立刻在马赛下船，尽快赶回来。不过别泄露是我跟你说的，因为她总是假装自己没什么大不了的，想让你在她出院之后再到家。她逼医生答应一周后就让她出院。

最爱你的

多丽丝

我为沃尔特的事深感悲痛。想必你熬过了一段极其艰难的日子。我可想死你了。想想看，我们要一起生孩子了，多有意思。到时候我们得握紧对方的手。

凯蒂陷入沉思，又在甲板上站了一会儿。她无法想象母亲会生病，记忆中的母亲从来都是活跃而果断，别人闹点儿毛病总是让她无法忍受。这时，一位乘务员走了过来，递给她一封电报。

沉痛告知你的母亲于今天早上去世。父亲。

79

凯蒂按响了哈林顿公园那幢房子的门铃。她被告知父亲正待在书房，便走过去轻轻推开门。他正坐在火炉边，读着最新一期的晚报。抬头见她走进门来，便放下报纸，赶紧从座位上跳了起来。

“哦，凯蒂，我以为你会搭下一趟火车。”

“我觉得还是不要让你去接我，也就没打电报说我预计什么时候到达。”

他让她亲吻自己的脸颊，那姿态她记忆犹新。

“我只是随便看一眼报纸，”他说，“这两天我一直没有读报。”

她看出父亲认为如果自己忙于日常琐事的话，就该做一番解释。

“是啊，”她说，“你肯定累坏了。恐怕母亲的死对你是个很大的打击。”

与上次见到他时相比，他更显衰老、单薄。瘦小枯干，满脸皱纹，做派一丝不苟。

“医生说当时的情况已经没什么希望。她一年多来状况一直不佳，又不肯去就医。医生跟我说，她肯定经常疼痛，竟然忍受下来，简直是个奇迹。”

“难道她从来没抱怨过哪儿疼吗？”

“她说过不太舒服，但从来不跟人诉苦。”他停顿了一下，看着凯蒂，“一趟旅行下来，你一定很累吧？”

“不太累。”

“你想上去看看她吗？”

“她在这儿？”

“是的，从医院送回家来了。”

“好，我现在就去。”

“愿意让我陪你一起去吗？”

父亲的语气有些异样，让她不禁瞥他一眼。他稍稍扭过脸去，不想让她看见自己的眼睛。凯蒂近来掌握了看穿他人心思的绝技，毕竟，她日复一日地使出自己全部的感知力，从她丈夫的只言片语或无意流露的动作中揣测他的想法，所以立刻猜到父亲想向她掩饰什么。他解脱了，一种极大的解脱，连他自己也被吓着了，近三十年来他一直是个忠诚的好丈夫，从未说过一句贬损妻子的话，现在本应该哀悼她。他一直像别人期待的那样行事，若是一个眨眼、一个细小的举动暴露出他当下并未抱有一个痛失妻子的丈夫所应有的感受，对他来说会是莫大的震惊。

“不用，我还是一个人去吧。”凯蒂说。

她来到楼上，走进母亲多年来一直窝居的那间宽敞、阴冷、装饰虚华的卧室。她还清楚地记得那些笨重的红木家具和墙壁上的模仿马库斯·斯通的雕版装饰。梳妆台上的东西摆放得精确刻板，按照贾斯汀太太一生坚持的那样。鲜花显得格格不入——贾斯汀太太会觉得傻气、不自然，在她卧室里摆放鲜花对健康不利。花香没能遮掩那股刺鼻的霉味，就像新洗过的亚麻床单的味道，凯蒂记得这是母亲房间所特有的。

贾斯汀太太躺在床上，双手柔顺地交叉放在胸前，她这辈子根本无法忍受这种姿势。她的五官轮廓分明，尽管病痛让她脸颊凹陷，太阳穴也塌了下去，但看上去依旧很美，甚至很有气势。死亡掠去了她脸上的卑劣狭隘，只留下了性格的印记。她就像是一位罗马皇后。很奇怪，在凯蒂见过的死人里头，只有这一个看似仍保持着原有的面貌，就像这堆泥土一度为精神所寓居时那样。她感觉不到悲伤，因为她和母亲之间有太多酸楚往事，没在她心里留下任何深切的爱意。回头去看还是姑娘时的自己，她明白是母亲一手造就了现在的她。但是，当看着这个冷酷跋扈的女人如此安静地躺在那里，那些微不足道的目标统统被死神挫败，她便隐隐感到一丝悲悯之情。母亲一辈子都在谋划、算计，所期望的无外乎是些低级、毫无价值的东西。凯蒂心想，不知她在某个星体上回望她在地球留下的人生轨迹，会不会大为惊愕。

多丽丝走了进来。

“我估计你会搭乘这趟火车。我觉得应该到这儿看一眼。是不是很可怕？亲爱的母亲，太可怜了。”

她号啕大哭起来，扑进了凯蒂的怀抱。凯蒂吻了吻她，心想当初母亲为了自己，是怎样忽视了多丽丝，自己又是怎样严厉对待她，就因为她平庸愚笨。凯蒂怀疑多丽丝是否像她表现出来的那样哀痛，不过，她向来多愁善感。凯蒂希望自己能哭上几声，不然多丽丝会觉得她心肠太硬了。可她自觉已经历了太多事情，实在无法凭空装出一副悲苦的样子。

“你想去看看父亲吗？”见多丽丝感情迸发的力度略有消退，她问道。

多丽丝擦了擦眼泪，凯蒂注意到她妹妹的相貌因为怀孕变得更加蠢笨，加上一身黑衣，显得十分臃肿邋遢。

“不，我不去了，去了我又得哭一场。可怜的老头子，他坚强承受了下来。”

凯蒂把妹妹送出门去，又回到了父亲那里。他站在炉火前，报纸整齐地折叠着，显示他没再去读报纸。

“我没有为晚饭换衣服，”他说，“我认为没那个必要。”

80

他们吃了晚饭。贾斯汀先生向凯蒂详细讲述了妻子生病和去世的经过，告诉她许多朋友都好心写信来（他桌子上摆着一摞吊唁函，想到一封封回复也是个负担，便叹了口气），又说到葬礼的安排。然后他们一起回到他的书房，这是房子里唯一生了炉火的房间。他机械地从壁炉台那儿取来烟斗，开始装烟丝，但心怀疑虑地朝他女儿望了一眼，又把烟斗放下。

“你不是要抽烟吗？”她问。

“你母亲不太喜欢饭后闻到烟斗的味道，自打开战以来我就不再抽雪茄了。”

他的回答让凯蒂心里一阵酸楚。一个已经上了六十岁的人，想在自己的书房抽一斗烟还要犹豫再三，实在太不成样子了。

“我喜欢烟斗的味道。”她笑着说。

隐约有道宽慰之色从他脸上划过。他再次拿起烟斗，点着了。父女隔着炉火面对面坐着，他觉得该跟凯蒂谈一谈她心里的苦楚。

“我想，你一定收到母亲寄到塞得港的信了。得知沃尔特的死讯我们两人都十分震惊，我认为他这个人很不错。”

凯蒂不知该说些什么才好。

“你母亲告诉我，你快要生孩子了。”

“是的。”

“会在什么时候？”

“大约还有四个月。”

“这对你会是一个很大的安慰。你该去看看多丽丝的孩子，很棒的小家伙。”

他们说着话，但彼此间的距离比刚刚相遇的陌生人还要疏远。因为要是陌生人的话，他还会产生兴趣，会好奇，可他们共同的过去像一堵冷漠的高墙立在两个人中间，凯蒂心里很清楚自己从未做过什么引得父亲喜爱的事情。他在这个家里从来就毫无地位，理所当然由他来负担家计，还因为无法为他的家人提供更奢华的生活而略微受到鄙视。但她曾想当然地认为他爱她，因为他是她的父亲。令她震惊的是，她发现他的心里对女儿毫无感情。她知道她们全都厌烦他，但从没想过他也同样厌烦她们。他一如从前那样和蔼、克制，但她那份苦难中练就的可悲的洞察力告诉她，他打心眼里不喜欢她，尽管他或许永远不会对自己承认这一点。

烟斗堵塞了，他站起来想找个东西戳一戳，也许不过是借此来掩饰自己的紧张。

“你母亲希望你待在这儿，直到孩子出生。她本打算把你以前的房间收拾出来。”

“我知道，我保证不会给你添麻烦。”

“哦，这倒不是问题所在。眼下这种情况，你唯一能去的地方明显是你父亲家。但实际情况是，刚好有份巴哈马群岛首席大法官的职位提给我，我已经接受了。”

“啊，父亲，我太高兴了。真心向你表示祝贺。”

“这个提议来得太晚了，没来得及告诉你那可怜的母亲，这会让她非常高兴的。”

这真是命运的辛辣讽刺！花费了那么大的心力，一番番谋划，一次次蒙屈受辱，贾斯汀太太竟这样撒手人寰，没能知道她的宏图大志——尽管因屡屡失望而有所降低——终于实现了。

“我下个月初就要坐船启程了。这所房子自然要交到委托商的手上，我也打算把家具卖掉。很遗憾，我无法让你住在这儿，不过如果你想拿哪件家具布置你的住所，我会非常愿意送给你。”

凯蒂看着炉火，内心狂跳起来。奇怪，她竟一下子变得那么紧张。终于，她强迫自己开了口，声音有些颤抖。

“我不能跟你一起去吗，父亲？”

“你？哦，我亲爱的凯蒂。”他的脸沉下来。她经常听他这样称呼自己，但觉得那不过是一句口头禅，现在，她有生以来第一次目睹了这句口头禅是伴随着这样的脸色说出的。它是那样明白醒目，着实让她吃了一惊。“但是你所有的朋友都在这儿，多丽丝也在。我觉得你在伦敦租上一套房子会更愉快。我并不太清楚你的经济状况，不过很乐意替你支付房子的租金。”

“我的钱足够维持生活。”

“我要去一个陌生的地方，我一点儿都不了解那儿的条件状况。”

“我已经习惯了陌生的地方。伦敦对我已经没有任何意义了，在这儿我活不下去。”

他闭着眼睛沉默了一会儿，她以为他就要哭了，因为他脸上是一副极度悲惨的表情，这让她心如刀绞。她的想法是对的，妻子的去世让他如释重负，眼前的机会正好让他与过去彻底决裂，重获自由。经过那么多年，他终于看到全新的生活铺展在面前，带着安宁和幸福的幻景。她隐约看见三十年来积压在他心头的所有苦痛。终于，他睁开了眼睛，没能克制住那一声叹息。

“当然，如果你愿意去，我会很高兴的。”

真是太可怜了，经过如此短暂的内心挣扎他便屈服于自己的责任感。短短几句话，他便放弃了自己全部的希望。她从椅子上站起来，走到父亲面前跪下，拉起他的两只手。

“不，父亲，我不会去的，除非你想让我去。你牺牲自己已经够多了，如果你想单独去，就去吧。千万不要考虑我的事情。”

他抽出一只手，抚摸着她漂亮的头发。

“当然，我想让你去，我亲爱的。毕竟我是你的父亲，你又成了寡妇，孤独无依。如果你想跟我在一起，我要是不同意的话就太无情了。”

“问题就在这儿，我不会因为是你的女儿就提出各种要求，你什么也不欠我的。”

“哦，我亲爱的孩子。”

“什么也不欠。”她激动地重复道，“一想到我们一辈子那么压榨你，却从来没有任何报答，我的心就沉甸甸的。对你甚至没有一点点的爱，恐怕你一直都过得不太愉快，你愿意让我对过去没能做到的一切做些弥补吗？”

他略微皱起眉头，她如此大动感情，让他有些尴尬。

“我不明白你的意思。我从来没有抱怨过你。”

“哦，父亲，我经历了太多事情，有过太多的不快，我不是离开时的那个凯蒂了。我非常脆弱，但已不再是以前那个肮脏下流的人。你能给我一次机会吗？现在，我在这个世界上只有你了。让我试着使你喜爱上我，好吗？唉，父亲，我实在太孤单，太悲惨了，我太需要你的爱了。”

她把脸贴在他的膝盖上，撕心裂肺地哭了起来。

“呃，我的凯蒂，我的小凯蒂啊。”他喃喃低语着。

她仰起头，伸出胳膊搂住他的脖子。

“哦，父亲，好好待我。让我们都好好彼此对待吧。”

他亲吻她，像情人那样吻在嘴唇上，他的脸让她的泪水打湿了。

“你当然可以跟我一起去。”

“你要我去？难道你真的想要我去？”

“是的。”

“我真是太感激你了。”

“呃，我亲爱的，不要跟我这样说话，让我觉得非常别扭。”

他掏出手帕擦去她的眼泪，微笑起来，那种微笑她以前从未见过。她再次伸出胳膊搂住他的脖子。

“我们以后就像这样，快快活活的，亲爱的父亲，你不知道我们在一起会有多少乐趣。”

“你没忘记你就要生孩子了吧？”

“我很高兴她会在海浪声中，在一望无际的蓝天下降生。”

“你已经认定孩子的性别了？”他喃喃地说，脸上带着那种干巴巴的微笑。

“我想要个女孩，抚养她长大，不让她犯我犯过的那些错误。回想以前做小姑娘时的我，就会恨自己，又没别的机会。我要培养女儿，给她自由，让她靠自己的力量独立于世。我把她带到这个世界上，爱她，抚养她长大，不只是为了让某个男人因为很想跟她睡觉而供她吃住，养她一辈子。”

她察觉她的父亲僵住了。他从来没有听过这样的话，从女儿嘴里说出来，让他颇为震惊。

“就让我坦言相告，哪怕只这一次，父亲。我向来愚蠢、无德、令人憎恨。我已受到严酷的惩罚，并决心让我的女儿远远避开这一切。我要让她无所畏惧，真诚率直。我要让她独立于他人，把握自我，像一个自由的人那样接受生活，要比我活得更好。”

“哎呀，亲爱的，你这番话好似五十岁的人说的。你这辈子还长着呢，不能现在就灰心丧气。”

凯蒂摇了摇头，慢慢露出了微笑。

“我不会。我有希望，也有勇气。”

过去已经完结，逝者已然安息。这样是不是太过无情？她满心希望自己已经学会同情和博爱，即使不知道什么样的未来在等待着她，也感到内心有一股力量，无论将要发生什么，她都能带着轻松愉悦的心情去接受。接着，突然之间，全然说不清是何因由，那段旅行的回忆从她无意识的脑海深处浮现出来：她跟着可怜的沃尔特，两人一道前往那座饱受瘟疫摧残、让他丢了性命的城市——一天早上，天还没亮他们便坐上轿子出发。破晓之时，与其说她看到，不如说是凭直觉预见了那样一幅令人惊叹的美妙景致，一时缓和了她心里的痛苦，让尘世间的所有磨难都显得无关重要。太阳升起来，驱散了一片雾霭，她看见他们循着的那条小径蜿蜒向前，直到目力不及之处，穿插于稻田之间，横跨过一条小河，越过高低起伏的大地——也许她的过失，她做下的蠢事，还有她所遭受的不幸，并非一概徒劳无益，只要现在她能够遵循眼前这条让她依稀可辨的路。那不是亲切古怪的老沃丁顿所说的无所通达的道路，而是修道院那些可爱的修女谦卑地遵循的路——那是一条通往内心安宁的路。

译后记

《面纱》的戏剧性层次

二十世纪初席卷欧洲的战争为毛姆的创作和情感生活提供了不同寻常的内容。这位知名作家在开战之初便投身法国战区，加入包括海明威、多斯·帕索斯等作家在内的“文学家救护车司机队”。在战火硝烟的背景下，毛姆不但有空闲写完了《人性的枷锁》，还结识了年轻英俊的杰拉德·哈克斯顿，后者成为他长达几十年的陪伴。两年后毛姆从战场返回，转而为英国情报局工作，并于 1917 年以密使身份前往俄国斡旋。战争经历并没有让他写出类似《永别了，武器》的控诉性作品，或者像托马斯·曼那样以气势磅礴的《魔山》悲叹一个旧世界的结束。对精力充沛的毛姆而言，大英帝国并未显现衰落的迹象，甚至疆域仍在扩张，让他能够优哉游哉往来于太平洋岛屿和东方的殖民地之间搜罗见闻，以狄更斯式的叙事手法臧否旅途中的短暂相识。自1916年起，毛姆几次远赴南太平洋，完成了《月亮和六便士》。1919年冬，46岁的毛姆启程前往中国，同哈克斯顿一道游历了北京、上海、成都和香港等地。在这个几年前推翻了帝制的东方国家，一边是军阀割据下混乱、落后的市井生活，另一边是壮观的城墙、神秘的庙宇以及闲适优美的乡村景致。中国之行让毛姆收获了一出剧作、一本杂文集，以及一部精致的小说——《面纱》。

毛姆在前言中坦陈这部小说酝酿多年，最初只是一个吸引人的离奇情节，并无任何人物的影子，是中国的见闻让虚无缥缈的幽灵有了活生生的肉身。小说最初于1924年11月刊发于美国《大都会》杂志，随后在英国发表。标题 The Painted Veil 直译应为“描画的面纱”，取自雪莱的十四行诗：莫去掀起那描画的面纱，那芸芸众生 / 称之为生活。这是主人公凯蒂在面纱遮蔽的世界中坎坷的心路历程。同时，虚荣的追求也给她戴上了一副难以摆脱的假面，因而这层“面纱”（面具）是双向的：你用面纱遮蔽他人的窥探，自己也难以一睹世界之真实。已届婚龄的凯蒂故作姿态周旋于求婚者之间，缺乏魅力的沃尔特对她的急切了然于心，用一种难以理解的固执追求到了她。他那刻板的面孔、阴郁的性情无不带有面具的特征；纵使他情真意切，对妻子百般顺从，也难以得到凯蒂的真情回应。这副古怪面具让她无法参透。讽刺的是，描画得最美的面纱也最为脆弱。不忠的恋情败露之后，汤森最先撕破了假面，而沃尔特那副刻板的面具立刻变成了阴森森的威胁。

毛姆以戏剧成名，擅长利用空间元素创造意境，将人物置于伸缩可变的舞台上，使整部小说更像是一出三幕剧。“面纱”即帷幕。在第一幕中，紧闭的门窗将读者锁进幽暗的房间，成为那一对偷情者的共谋。随后，古玩店密不通风的阁楼（犯罪），汤森那间狭长的办公室（审判），以及漫长旅途中挂着帘子的轿子（赶赴刑场），命定的劫数让这个为求幸福而迷失的女性难以挣脱。但是，当她将生死置之度外，渐渐找回内心的宁静时，她的世界便豁然开阔起来：她久久坐在一扇敞开的窗子下面的长椅上，遥望对面的一座城池。这是作家为她沉思人生设定的典型姿态：人物在找寻新的方向，一出戏在此进入了短暂的中场休息。小说的第二幕同时拉开了笼罩在凯蒂心灵上的帷幕：瘟疫肆虐的湄潭府并非地狱，反而向凯蒂开启了上流社交场合无缘领略的真实世界，让她见识了形形色色的爱——满族女人对一个白人不顾一切的爱，沃尔特对弃婴、对罹患瘟疫的病人无私而勇敢的爱，以及最让她惊讶与困惑的，修女们虔诚奉献给上帝的爱。在瘟疫的大背景下，沃尔特笨拙、偏执的情感获得了奇迹般的升华，变成了一种伟大高尚的爱，让凯蒂摒弃前嫌，开始幻想他们共同的未来生活了。

毛姆的高明之处在于，用来强化心理环境的那层空间的面纱（帷幕）是双向的。他让凯蒂从自我的狭小空间中走出来，同时又在她与外部世界之间建起了一道屏障，令向往新生活的凯蒂不得其门而入。与她敞开的窗子相对的，是迷雾中若隐若现的城市，四周高墙环围，城市中迷宫般的街巷，似乎一切都被一层帷幕笼罩起来，带着谜一般的美。雾中的风景令凯蒂潸然泪下：雪的幽灵降落在行将熄灭的星宿之上，那白色云团中浮现的堡垒，光辉璀璨、若隐若现的屋顶让人无法辨认出图案……这已不再是堡垒，也不是寺庙，而是众神之皇的神奇宫殿，凡人无法涉足。它是那样虚幻，那样奇异，那样超然于世，绝不可能出自人类之手。这是梦的造物。这段极富灵感的文字是毛姆对东方风物的由衷赞美，它所呈现的疏离与陌生正是这层帷幕的灵魂。

帷幕的中心便是那座女修道院。毛姆是搬弄隐喻的高手，他故事的绝大部分发生在与西方世界隔绝的孤岛上，文化与个性的冲突是其美学趣味之所在。幽闭的环境与第一幕的“密室”形成呼应，但这一次，凯蒂走进的是奇异的精神世界：长长的白墙上的一扇小门，迂回的走廊，憋闷的宿舍把清新的空气挡在窗外，紧闭的医疗室将人间的苦难牢牢锁在里面。在这层帷幕上活跃着奇奇怪怪的人物：面目狡黠的沃丁顿，亲切和蔼却让人无法接近的女修道院长，还有一直处在幕后不现真身，因而变得圣人一般完美的沃尔特（毛姆借沃丁顿之口说：“修女们走在天上，而你丈夫走在黑暗里。”他就是这样从一副面具漫散成一片布景，淡出了凯蒂的生命）。世界的面貌由于强烈的探求欲而变得复杂、深邃，但她极力去掀开这个陌生世界的最后一道帷幕，“想要在修女们的信念甲胄上找到一丝缝隙，正是这种信念让她们遗世独立，对所有天然的情感无动于衷。她想看看院长身上是否留有人性的弱点”。健全的灵魂叩问存在的意义难免陷入迷茫，然而这也正是生命确认自身价值的必然过程。毛姆历来讨厌说教，但事实上，女修道院长是整个小说着墨最多的人物，她和母亲的故事与凯蒂跟自己母亲的关系恰成观照，存在的终极问题就这样于娓娓道来之间得以彰显。不过，一切对凯蒂来说并不那么容易。当她最后离开，“她觉得自己不仅被一座穷困的小修道院关在了门外，而且被某个神秘的精神乐园关在了门外，而那正是她整个心灵都在渴望的。”实际上，毛姆已经用一个奇异的设定为凯蒂提供了答案：修道院里有个痴呆孩子不知为什么对凯蒂产生了依恋，无论她走到哪儿，这孩子都跟着她，让她心生厌恶。但是，当她终于横下心来把手放在那光秃秃的大脑壳上，勉强挤出一丝微笑时，那孩子却乖戾无常地离开了她，从此再也不搭理她了。在这里，痴呆儿所代表的是否就是凯蒂难以说出是什么、却一直在孜孜以求的东西？是否就是沃丁顿口中的“道”，就是生命的本真？它无时无刻不陪伴在你的身边，以至于令你厌倦，令你恐惧，而一旦你刻意逢迎，它就会弃你而去。

在面纱中陷得最深，也最无望的人物当数沃尔特。应该说他对凯蒂的爱是自私的。他以将凯蒂“带离有危害的环境”为借口让她去面对死亡的威胁，自然是出于报复，而凯蒂也只能任其拖上一条毁灭之路，此外别无选择（这无疑是作家对女性社会地位的辛辣讽刺。只是在战后，以潘克赫斯特为代表的女权运动者们才赢得国家立法，让妇女逐步拥有选举权及其他与男人平等的权利）。两人间的敌意和偏执在面对一盘蔬菜沙拉时表露无遗，让沃丁顿看得目瞪口呆。沃尔特至死都没能从自我禁锢中逃脱出来，只在临终时留下一句谜语般的“死的那个是狗”。

这句话出自十八世纪英国作家奥利弗·哥德史密斯发表于1766年的一首诗《一只疯狗之死的挽歌》：

An Elegy on the Death of a Mad Dog

Good people all, of every sort,
Give ear unto my song;
And if you find it wondrous short,
It cannot hold you long.
In Islington there was a man,
Of whom the world might say
That still a godly race he ran,
Whene'er he went to pray.
A kind and gentle heart he had,
To comfort friends and foes;

The naked every day he clad,
When he put on his clothes.
And in that town a dog was found,
As many dogs there be,
Both mongrel, puppy, whelp and hound,
And curs of low degree.
This dog and man at first were friends;
But when a pique began,
The dog, to gain some private ends,
Went mad and bit the man.
Around from all the neighbouring streets
The wondering neighbours ran,
And swore the dog had lost his wits,
To bite so good a man.
The wound it seemed both sore and sad
To every Christian eye;
And while they swore the dog was mad,
They swore the man would die.
But soon a wonder came to light,
That showed the rogues they lied:
The man recovered of the bite,
The dog it was that died.

小诗如同一首朗朗上口的民谣，讲述了一个小镇上的好人：世人都说他与人为善 / 为行神道不分旦夕 / 怀有一颗仁慈的心 / 安抚天下友与敌 / 他每每装束齐整 / 日日为赤裸者穿衣。这位好人遇见一条流浪狗，两者友善相处，后来却发生不睦，小狗出于“私利”发疯咬了他。街坊四邻怒骂这狗丧失了理智，竟会咬这样一个大好人，纷纷断言那人一定会死。但奇迹从天而降 / 让愚氓们说谎出了丑 / 人的伤口很快痊愈 / 死的那个是狗。

尽管这首诗曾被当作儿童读物诫勉扬善抑恶，但其真实寓意却不可作平常观。好人“装束齐整为赤裸者穿衣，无论敌友广行善举”，诗句之间蕴藏着巨大的讽刺，就连疯狗的毒力也对善人奈何不得，说明有毒的乃是人，不是狗。由此看来，沃尔特的遗言不仅是自嘲，更像是幽愤的控诉了。

凯蒂经历的三次死亡暗含着面纱的三个层次。那个倒毙在路旁的乞丐为她带来最初的震撼。这卑微的生命未经敷色，甚至衣不遮体，更无缘于面纱的世界，因而“他看上去好像从来就不是一个人”。但是，不多年前他还是个小男孩，狂奔下山，一边放着风筝，与凯蒂内心的纯朴本真是那样接近，这才是最让她惊骇的。沃尔特则不同，他用怪异可笑的假面掩藏真实的自我，以此来挑战虚伪、残酷的现实，但这不啻于飞蛾投火。沃尔特缓慢的死亡便是面纱剥离、与命运妥协的过程："我经过了一段艰难的路途，但现在我已经全好了。"幽暗的灯光下的生命如一缕烟雾在空中消散，让凯蒂觉得他跟那个乞丐一样，就像一部报废的机器。"如果只是一部机器的话，所有的煎熬、内心的痛苦和折磨，都是多么徒劳无益啊。"不过，就连死神也对最深层的面纱无能为力。在凯蒂的亡母身上，庸常的力量继续着它的统治，嘲弄般地将一副滑稽的面纱强加给她——让她摆出她完全无法忍受的柔顺姿势。而她本人似乎保持着原有的面貌，就像这堆泥土一度为精神所寓居时那样。如果说沃尔特的死是一个哀婉的隐喻，贾斯汀太太则化身为一尊雕像，一个带着永恒面纱的纪念物，看上去很美，甚至很有气势。在这里，毛姆力透纸背的笔触将讽刺推向极致。

凯蒂在小说的第三幕返归纯真。毛姆以灵与肉的又一次激烈冲突提升了人物的人性特征，赋予作品一种强烈的真实性，小说继而在父女相依的古典式的造型中落下帷幕。毛姆创作《面纱》时正值盛年，尽管它并非作家最著名的作品，但精美而复杂的结构、跌宕有致的情节设定以及个性强烈、字斟句酌的行文风格不但让它成为一部批判现实主义的佳作，也是小说写作的完美样本，并于 1934、1957 及 2006 年三度被改编成电影。小说的环境已是近百年之前，但今天读来，人物与场景似在眼前一般清晰生动，其深刻的人生洞察和悲悯的基调依然感人，正说明毛姆具有经久不衰的魅力，无愧于世界最畅销英语作家的名分。

于大卫
2016 年 1 月 25 日

威廉·萨默塞特·毛姆

（1874 — 1965）

毛姆是下述一切的总和：

一个孤僻的孩子，一个医学院的学生，一个富有创造力的小说家，一个放荡不羁的巴黎浪子，一个成功的伦敦西区戏剧家，一个英国社会名流，一个一战时在弗兰德斯前线的“文学家救护车司机”，一个潜入俄国工作的英国间谍，一个同性恋者，一个跟别人的妻子私通的丈夫，一个当代名人沙龙的殷勤主人，一个二战宣传家，一个自狄更斯以来拥有最多读者的小说家，一个靠细胞组织疗法保持活力的传奇人物，一个企图不让女儿继承财产而收养他的情人秘书的固执老头子。

——传记作家 特德·摩根

面纱

作者 _ [英] 毛姆　译者 _ 于大卫

产品经理 _ 吴涛　装帧设计 _ 星野　产品总监 _ 李佳婕　技术编辑 _ 白咏明
责任印制 _ 梁拥军　出品人 _ 路金波

营销团队 _ 毛婷　阮班欢　杨喆

果麦
www.guomai.cn

以 微 小 的 力 量 推 动 文 明

图书在版编目（CIP）数据

面纱 / (英) 毛姆著 ; 于大卫译. -- 南昌 : 江西人民出版社, 2016.4（2024.3重印）
ISBN 978-7-210-08283-5

Ⅰ. ①面… Ⅱ. ①毛… ②于… Ⅲ. ①长篇小说－英国－现代 Ⅳ. ①I561.45

中国版本图书馆CIP数据核字(2016)第058094号

面纱
MIANSHA
威廉・萨默塞特・毛姆 /著
责任编辑/冯雪松
出版发行/江西人民出版社
印刷/河北鹏润印刷有限公司
版次/2016年4月第1版
2024年3月第38次印刷
开本/ 880毫米×1230毫米 1/32 印张9
字数/ 175千字 印数：391,001－401,000
书号/ ISBN 978-7-210-08283-5
定价/ 39.80元

赣版权登字—01—2016—101
版权所有 侵权必究

如发现印装质量问题，影响阅读，请联系021-64386496调换。